OLHOS AZUIS CABELOS PRETOS

&

A PUTA DA COSTA NORMANDA

MARGUERITE DURAS

Tradução
Adriana Lisboa

OLHOS AZUIS CABELOS PRETOS

&

A PUTA DA COSTA NORMANDA

MARGUERITE DURAS

SUMÁRIO.

09 PREFÁCIO
Desfrutar da escrita
por Simona Crippa

●

23 OLHOS AZUIS CABELOS PRETOS

157 A PUTA DA COSTA NORMANDA

●

169 SOBRE A AUTORA

171 SOBRE A COLEÇÃO MARGUERITE DURAS

PREFÁCIO.

DESFRUTAR
DA ESCRITA •

Simona Crippa*

---

* Simona Crippa leciona literatura francesa na Université Catholique de l'Ouest, em Angers, na França. Doutora em literatura e civilização francesa pela Université Paris 3 – Sorbonne Nouvelle, é especialista na obra de Marguerite Duras, sobretudo no que concerne à contribuição da escritora para a teoria do romance na segunda metade do século XX. Em setembro de 2020, publicou um ensaio sobre mitopoética pelas Presses Universitaires de Vincennes, intitulado *Marguerite Duras*. Sua tese de doutorado, *Marguerite Duras: La tentation du théorique*, foi publicada recentemente (Paris: Classiques Garnier; Minard, 2021).

"Passei semanas inteiras com uma confusão de escritas diferentes. Acho agora que aquelas que me pareciam as mais incoerentes eram, na verdade, as mais decisivas do livro por vir".[1] A gênese de *Olhos azuis cabelos pretos*, publicado em outubro de 1986 pelas Éditions de Minuit, foi revelada por Marguerite Duras em *A puta da costa normanda*, um opúsculo que apareceu no *Libération* em novembro do mesmo ano e foi reimpresso em livro em dezembro pela editora de Jérôme Lindon. Dois textos intimamente ligados, cúmplices e, mais ainda, gêmeos, devido ao tema que, da ficção à realidade, nunca deixa de estabelecer efeitos de espelho. Como esse é, frequentemente, o caso das obras dos anos 1980, a especularidade é perturbadora: Duras vê a si própria vivendo e escrevendo através das suas

---

[1]_ DURAS, Marguerite. *A puta da costa normanda*. Trad.: Adriana Lisboa. Belo Horizonte: Relicário, 2023, p. 159. [N. E.] Para as citações, neste prefácio, de *Les yeux bleus cheveux noirs* e *La pute de la côte normande* (Paris: Les Éditions de Minuit, 1986), será usada a presente tradução das obras. As outras citações têm tradução de Luciene Guimarães.

personagens. A jovem em *Olhos azuis cabelos pretos* torna-se assim o seu duplo – "no livro, tenho dezoito anos"[2] – e partilha um quarto com um homem que odeia o desejo dela, seu corpo,[3] personagem que reflete Yann Andréa, transformado desde o início da relação deles numa criatura literária. O livro lhe é dedicado, tal como *O verão de 80* antes. Assim, o opúsculo pode ser lido como uma série de confidências que aproximam experiência pessoal e experiência literária. A vida da escritura, segundo Duras, está em comunhão com a vida do escritor. Pois a escrita é um gesto suspenso, um desejo do abismo, tal como a provação de uma comunidade[4] amorosa impossível. Como podemos fazer dessa impossibilidade o princípio do começo? Esse é o programa que *A puta da costa normanda* testemunha e que, de uma frase inquieta à experiência tempestuosa, nos leva ao nascimento de *Olhos azuis cabelos pretos*.

A primeira página do opúsculo abre-se com pontos de suspensão que levam o leitor a entrar no *continuum* da criação e na *intimidade da ficção*. Desde o início,

---

2_ DURAS. *A puta da costa normanda*, p. 157.

3_ DURAS. *A puta da costa normanda*, p. 157.

4_ A palavra "comunidade" está no centro do ensaio de Maurice Blanchot *A comunidade inconfessável*, que analisa duas experiências de comunidade: a de Georges Bataille e aquela evocada por Duras em *A doença da morte*. Ver: BLANCHOT, Maurice. *La Communauté inavouable* [1983]. Paris: Les Éditions de Minuit, 2012.

Duras confidencia que, a pedido de Luc Bondy, do Schaubühne de Berlim, havia tentado trabalhar numa adaptação teatral de *A doença da morte*, obra publicada em 1982. Mas "aquele verão de 86 [foi] tão terrível"[5] que a insatisfação logo se fez sentir. Vinte e quatro horas após ter enviado o seu primeiro manuscrito a Bondy, a escritora endereçou-lhe um telegrama pedindo-lhe que o enviasse de volta. O projeto é assim abandonado, mas ela retorna à escrita a partir do que chama o "episódio de Quillebœuf".[6] Um novo rascunho é também rapidamente posto de lado e dará origem, um ano mais tarde, à escrita de *Emily L*. A ideia de passar por esta "falsa solução: o teatro"[7] obceca a autora, que começa a escrever outro livro, *L'Homme menti*, "também abandonado".[8] Finalmente, a sensação inebriante das noites de estio – "o pleno verão, em junho (...) as noites quentes"[9] –, misturada com o tempestuoso e violento caso de amor entre Duras e Yann Andréa – "Você está louca, é a puta da costa normanda, é uma babaca, você me

---

5_ DURAS, Marguerite. Le Livre. In: ____. *La Vie matérielle* [1987]. Paris: Gallimard, 2003, p. 100. (Folio).

6_ DURAS. *A puta da costa normanda*, p. 157.

7_ DURAS. *A puta da costa normanda*, p. 156.

8_ DURAS. *A puta da costa normanda*, p. 157.

9_ DURAS. *A puta da costa normanda*, p. 157.

envergonha"[10] –, torna-se o berço de outra palingenesia. Desta vez, será a versão definitiva: "Comecei a fazer o livro para sempre".[11]

Finalmente, *Olhos azuis cabelos pretos* retoma de *A doença da morte* o pano de fundo de um encontro entre um homem homossexual e uma mulher heterossexual, a quem o homem pede, em troca de uma soma de dinheiro, "para dormir ao seu lado durante algum tempo".[12] Ao contrário da matriz de 1982, o casal de personagens da nova história se forma em torno de uma separação que não é a sua. Sem o saberem, ambos amaram um estrangeiro bonito de olhos azuis e cabelos pretos, que os deixou. Confessar a angústia e fazer um pacto: tentar viver juntos na ausência do amante. Noite após noite, de tanto chorar "do modo como se amariam",[13] eles tentam fazer o desejo acontecer na distração[14] dos seus corpos, atravessados pelo fantasma e pela fantasia do jovem desconhecido.

10_ DURAS. *A puta da costa normanda*, p. 160-161.

11_ DURAS. *A puta da costa normanda*, p. 160.

12_ DURAS, Marguerite. *Olhos azuis cabelos pretos*. Trad.: Adriana Lisboa. Belo Horizonte: Relicário, 2023, p. 37.

13_ DURAS. *Olhos azuis cabelos pretos*, p. 116.

14_ DURAS. *Olhos azuis cabelos pretos*, p. 71.

Necessária para dar vida à falta, a figura do ausente participa da construção triangular do *Eros*, segundo Duras, e isso desde *Le Marin de Gibraltar* (1952). Desejar significa ir além do casal e procurar aquilo que a escritora chama de "triangulação",[15] um terceiro ser que é como um imenso espaço de exploração erótica, bem como literária. Nas suas obras, ela propõe com frequência todo tipo de configurações e reconfigurações de triângulos amorosos, porque a literatura permite sondar os abismos pulsionais dos corpos e a vertigem da sexualidade. Tal como uma experiência da ordem do êxtase, a experiência poética oferece à leitura a fecundidade inesgotável do mistério do Outro. Consequentemente, o quarto de *Olhos azuis cabelos pretos* é o lugar onde se aprofunda o conhecimento dramático de duas sexualidades diferentes, procurando uma terceira via. Se os dois corpos não podem se tocar, se "não sabem amar um ao outro",[16] têm de ir para fora, para a cidade, para os lados da praia procurar o seu triângulo de desejo: "Ele também goza violentamente graças ao desejo que ela sente por outro homem...".[17] Esse

---

15_ DURAS, Marguerite. *Les Ravissement de Lol V. Stein* [1964]. Paris: Gallimard, 2001, p. 47. (Folio).

16_ DURAS. Le Livre, p. 99.

17_ DURAS. *Olhos azuis cabelos pretos*, p. 85-86.

triângulo, que permite fazer acontecer o jogo do gozo, revela também os termos de um erotismo baseado no imaginário da violência. Eros e Tânatos são inseparáveis para Duras, que apela às leis do masoquismo e mostra que o prazer pode ser violento e assassino: "Ela disse que o homem gritava, que estava perdido, que suas mãos tinham se tornado muito brutais ao tocar seu corpo. Que o gozo havia sido de perder a vida",[18] "Ela diz que ele às vezes bate por causa desse homem que a aguarda no quarto. Mas que é por vontade de gozar que ele bate, desejo de matar, como é natural".[19] O desejo é perigoso, e por isso procura a destruição e a autodestruição, argumenta Georges Bataille, um grande amigo da escritora. Tanto é assim que a morte é desejada pela mulher: "Cheguei mesmo a ir até a sua casa para morrer ainda mais".[20]

Não se pode ficar indiferente à encenação de uma cultura de violência que também convida ao fantasma da prostituição[21] e do feminicídio, este que se oferece, de resto, como espetáculo em *Moderato cantabile*

18_ DURAS. *Olhos azuis cabelos pretos*, p. 106.

19_ DURAS. *Olhos azuis cabelos pretos*, p. 130.

20_ DURAS. *Olhos azuis cabelos pretos*, p. 101.

21_ Ver CHOUEN-OLLIER, Chloé. *L'Écriture de la prostitution dans l'œuvre de Marguerite Duras*: écrire l'écart. Paris: Classiques Garnier; Lettres Modernes Minard, 2015. (Bibliothèque des Lettres Modernes, 47).

(1958) e a partir do qual se constrói a história de amor entre Anne Desbaresdes e Chauvin. Num belo texto militante, "La Mort d'une érotique", Marcelle Marini revolta-se contra essa representação do "masoquismo feminino",[22] que alimenta uma "pornografia tradicional" em *O homem sentado no corredor* (1980) e *A doença da morte*. Ela ainda não tinha lido *Olhos azuis cabelos pretos*, que volta para educar esse imaginário violento, pelo qual, contudo, Duras não se deixa enganar, uma vez que o identifica nas suas páginas: "[Ela] diz que os insultos que esse homem usa diante de certas mulheres são como que oriundos de uma cultura enraizada".[23] Cultura profunda, início absoluto de todas as narrativas fundadoras do mito que, há milênios, reconduz a *húbris* do erótico e da sexualidade ancestrais e patriarcais, cujo risco é exibido na literatura durassiana, porque, diz a autora, "a literatura é escandalosa",[24] fruto proibido da noite da sua origem.

Duras retoma, de fato, a voz do mitólogo, que é ao mesmo tempo contador de histórias, historiador, adivinho e divino, voz que carrega os boatos da coletividade,

22_ MARINI, Marcelle. "La Mort d'une érotique". *Cahiers Renaud Barrault*, Paris, n. 106, p. 37-57, 1983.

23_ DURAS. *Olhos azuis cabelos pretos*, p. 130.

24_ DURAS, Marguerite; PERROT, Luce. "Au-delà des pages" [Além das páginas], entrevista com Luce Perrot. Canal TF1, 26 jun./3, 10 e 17 jul. 1988.

esvaziando-os de proibições, transgressões e escândalos. Atravessada pela embriaguez e selvageria da vida, Duras restaura a sua dor e não tem medo de investigar os excessos que desviam a juventude de acordo com Platão, o primeiro a ter elaborado, consequentemente, um requisitório contra os mitólogos.[25]

Nada detém, portanto, a força do escândalo em Duras, que escreve segundo o paradoxo blanchotiano da escrita órfica. Mas trata-se de outra reviravolta para ela. Escrever significa matar Eurídice duas vezes, para que ela tome o seu lugar em páginas nas quais já não é a que desaparece, mas a que escreve. Eurídice fala, Eurídice canta o seu desejo, Eurídice desafia uma dupla proibição do feminino: a morte e a escrita. A mulher de *Olhos azuis cabelos pretos*, estranhamente geminada com o seu amante, também tem olhos azuis e cabelos pretos, e assume todo tipo de ocupações, como o marinheiro de Gibraltar. É atriz e professora universitária, mas sobretudo a escritora "que um dia fará um livro sobre o quarto";[26] afirma, como Aurélia Steiner, "sou uma escritora"[27] e nos fala sobre sua aspiração de escrever a história do jovem estrangeiro: "– Com o nome dele,

25_ Ver DETIENNE, Marcel. *L'Invention de la mythologie*. Paris: Gallimard, 1992. (Tel).
26_ DURAS. *Olhos azuis cabelos pretos*, p. 51.
27_ DURAS. *Olhos azuis cabelos pretos*, p. 50.

fiz uma frase. Essa frase se refere a um país de areia, a uma capital de vento".[28] Brilha aqui para Eurídice a centelha da decisão de começar.

Escritora fictícia e escritora real fixam a sua imagem num espelho e se oferecem para ler o escândalo da palavra feminina que se liberta e libera a intenção de não cessar de contar o mito do gênero e do erótico. Contadoras de histórias, como o "narrador"[29] benjaminiano, perpetuam a tradição oral, que, sob o véu divino, revela as experiências vividas pela comunidade e depois as transforma na experiência daqueles que, por sua vez, as escutarão.[30] A partir daí, a escuta é fundamental no quarto de *Olhos azuis cabelos pretos*, e o jovem desconhecido só encontra lugar no grão da voz: "[Ela] diz também que o amor pode muito bem vir desse modo, ao escutar alguém falar como eram os olhos de algum desconhecido".[31] Contar é saber ouvir. A exigência auditiva é um traço da poética durassiana, e nessa obra de 1986 a autora convida o leitor a ouvir ainda mais, uma vez que não abandonou a ideia de inserir ali o teatro e

---

28_ DURAS. *Olhos azuis cabelos pretos*, p. 101.

29_ BENJAMIN, Walter. *Le Raconteur*. Strasbourg: Les Éditions Circé, 2014.

30_ DURAS. *Olhos azuis cabelos pretos*, p. 27.

31_ DURAS. *Olhos azuis cabelos pretos*, p. 41.

criou aquilo que chama de "corredores cênicos",[32] a fim de oferecer a seu leitor o espetáculo virtual da *escrita ouvida*. A história do jovem estrangeiro é assim duplicada por uma voz distinta daquela do narrador e da jovem mulher-escritora, é entregue no condicional[33] pela figura de um ator que lê "o livro sempre em voz alta e clara",[34] acordo que desconstrói a ideia de representação já explorada por Duras com Claude Régy.

De voz em voz, de espelho em espelho, as palavras também gozam ao serem ouvidas e transcritas novamente. Essas palavras que "trabalham uma diferença no coração da repetição"[35] e assim atualizam, através do processo de reescrita caro à escritora, uma mitologia específica da sua literatura. S. Thala, lugar simbólico em torno do qual o desejo gira desde *O arrebatamento de Lol V. Stein* (1964), retorna como um canto de ditirambo em *Olhos azuis cabelos pretos*: "Gritam um nome de sonoridade insólita, perturbadora, feita de uma vogal chorosa e prolongada de um *a* do Oriente e seu tremular entre as paredes vítreas de consoantes

---

32_ DURAS. *A puta da costa normanda*, p. 155.

33_ [N. T.] Trata-se aqui das indicações cênicas que aparecem na obra, no tempo verbal condicional (futuro do pretérito do modo indicativo).

34_ DURAS. *Olhos azuis cabelos pretos*, p. 59-60.

35_ Ver ALAZET, Bernard. Les yeux bleus cheveux noirs: Notice. In: DURAS, Marguerite. *Œuvres complètes* – IV. Paris: Gallimard, p. 1367. (Bibliothèque de la Pléiade).

irreconhecíveis, um *t*, por exemplo, ou um *l*".[36] O "ciclo indiano"[37] junta-se à história de 1986 através dessas palavras cantadas como gritos mesclados. Gritos de Lol, do vice-cônsul, da mendiga. Gritos de Yann, que põem constantemente o livro em perigo.[38]

Mas escrever é uma lacuna, "uma selvageria anterior à vida",[39] impõe-se como a única obsessão erótica de Duras, o único êxtase: "quando berra, continuo a escrever".[40] Eurídice canta o grande dia da obra. No quarto, junto ao mar, no vento e sobre a areia, a escrita se realiza, interminavelmente – "Os cabelos são pretos e os olhos são da tristeza de uma paisagem noturna".[41]

Tradução de Luciene Guimarães

36_ DURAS. *Olhos azuis cabelos pretos*, p. 25.

37_ [N. T.] Um dos três ciclos pelos quais a crítica organiza a obra de Marguerite Duras. Os outros são o indo-chinês e o Atlântico.

38_ DURAS. *A puta da costa normanda*, p. 161.

39_ DURAS, Marguerite. *Escrever*. Trad.: Luciene Guimarães. Belo Horizonte: Relicário, 2021, p. 34.

40_ DURAS. *A puta da costa normanda*, p. 158-159.

41_ DURAS. *Olhos azuis cabelos pretos*, p. 63.

OLHOS AZUIS
CABELOS PRETOS •

para Yann Andréa

Um fim de tarde de verão, diz o ator, estaria no coração da história.

Nem um sopro de vento. E logo, aberto diante da cidade, janelas e portas de vidro abertas, entre a noite vermelha do poente e a penumbra do jardim, o saguão do Hôtel des Roches.

No interior, mulheres com crianças, elas falam do fim da tarde de verão, é tão raro, três ou quatro vezes na estação, talvez, e ainda por cima não é todo ano, é preciso desfrutar disso antes de morrer, porque não se sabe se Deus fará com que ainda tenhamos por viver outros tão belos.

No exterior, no terraço do hotel, os homens. Podemos ouvi-los tão claramente quanto a elas, essas mulheres do saguão. Também eles falam dos verões passados nas praias do Norte. São em toda parte igualmente suaves e vazias as vozes que falam da beleza excepcional do fim de tarde de verão.

Entre as pessoas que observam da estrada atrás do hotel o espetáculo do saguão, um homem toma uma atitude. Atravessa o jardim e se aproxima de uma janela aberta.
Muito pouco antes que ele atravesse a estrada, alguns segundos apenas, ela, a mulher da história, chega ao saguão. Entrou pela porta que dá para o jardim.
Quando o homem chega à janela, ela já está ali, a alguns metros dele, entre as outras mulheres.
Dali de onde se encontra, o homem não poderia ver seu rosto, ainda que quisesse. Ela está, na verdade, voltada para a porta do saguão que dá para a praia.

Ela é jovem. Usa tênis branco. Vemos seu corpo longilíneo e leve, a brancura de sua pele nesse verão de sol, seus cabelos pretos. Só seria possível ver seu rosto à contraluz, de uma janela que desse para o mar. Usa um short branco. Em torno da cintura, uma echarpe de seda preta, negligentemente atada. Nos cabelos, uma faixa azul-escura que deveria ser o presságio de um azul dos olhos que não podemos ver.

Chamam alguém, de repente, no hotel. Não se sabe quem.

Gritam um nome de sonoridade insólita, perturbadora, feita de uma vogal chorosa e prolongada de um *a* do Oriente e seu tremular entre as paredes vítreas de consoantes irreconhecíveis, um *t*, por exemplo, ou um *l*.

A voz que grita é tão clara e tão alta que as pessoas param de falar e aguardam como que uma explicação que não virá.

Pouco após o grito, através dessa porta que a mulher olha, a que dá para os andares mais altos do hotel, um jovem estrangeiro acaba de entrar no saguão. Um jovem estrangeiro de olhos azuis cabelos pretos.

O jovem estrangeiro vai até a jovem mulher. Assim como ela, é jovem. É alto como ela, como ela, está vestido de branco. Para. Era ela que ele havia perdido. A luz que reverbera do terraço deixa seus olhos com um azul assustador. Quando se aproxima dela, percebe-se que está cheio de alegria por tê-la reencontrado, e em desespero por ter que voltar a perdê-la. Tem a tez branca dos amantes. Cabelos pretos. Chora.

Não se sabe quem gritou essa palavra, desconhecida exceto pelo fato de parecer vir da escuridão do hotel, dos corredores, dos quartos.

No jardim, desde a aparição do jovem estrangeiro, o homem se aproximou da janela do saguão sem se dar conta. Suas mãos estão agarradas no peitoral dessa janela, estão como que privadas de vida, decompostas pelo esforço de olhar, pela emoção de ver.

Com um gesto, a jovem indica ao jovem estrangeiro a direção da praia, convida-o a segui-la, pega sua mão, ele quase não resiste, os dois viram as costas à janela do saguão e se encaminham para o lado que ela indicou, na direção do poente.
Saem pela porta que dá para o mar.

O homem permanece atrás da janela aberta. Aguarda. Fica ali por muito tempo, até a partida das pessoas, a chegada da noite.
Em seguida vai embora do jardim passando pela praia, titubeia como um bêbado, grita, chora como as pessoas desesperadas no cinema triste.

É um homem elegante, delgado e alto. Na desolação que vive neste momento, permanece o olhar mergulhado na simplicidade das lágrimas e na vestimenta peculiar demais de roupas caras demais, bonitas demais.

A presença desse homem solitário na penumbra desse jardim fez a paisagem se toldar de repente e a voz das mulheres do saguão diminuir de intensidade até a completa extinção.

Tarde, na noite que se segue a esse crepúsculo, uma vez a beleza do dia tendo desaparecido tão violentamente quanto uma reviravolta do destino, eles se encontram.
Quando ele entra no café à beira-mar, ela já está lá com outras pessoas.
Não a reconhece. Não poderia reconhecê-la a menos que ela tivesse chegado nesse café em companhia do jovem estrangeiro de olhos azuis cabelos pretos. A ausência dele faz com que ela permaneça sendo uma desconhecida.

Ele se senta a uma mesa. Ela jamais o viu, menos ainda do que ele a ela.

Ela o olha. É inevitável. Ele está sozinho e é bonito e está exausto por estar sozinho, tão sozinho e bonito quanto alguém no momento de morrer. Chora.

Para ela, ele é tão desconhecido quanto se nunca tivesse nascido.

Ela se separa das pessoas com quem está. Vai até a mesa daquele que acaba de entrar e que chora. Senta-se diante dele. Olha para ele.

Dela ele não vê nada. Nem que suas mãos estão inertes sobre a mesa. Nem o sorriso desfeito. Nem que ela treme. Que sente frio.

Ela nunca o viu anteriormente pelas ruas da cidade. Pergunta-lhe o que ele tem. Ele diz que não tem nada. Nada. Não é preciso se inquietar. A suavidade da voz que de repente dilacera a alma e faria crer que.

Ele não pode se impedir de chorar.

Ela lhe diz: Gostaria de te impedir de chorar. Ela chora. Ele não quer mesmo nada. Não a ouve.

Ela lhe pergunta se ele quer morrer, se é isso o que tem, vontade de morrer, talvez poderia ajudá-lo. Gostaria que ele dissesse algo mais. Ele diz que não, não é nada, nada digno de nota. Ela não consegue fazer de outro modo, fala com ele.

– Você está aqui para não voltar para casa.

– É isso.
– Em casa, fica sozinho.
Sozinho, sim. Ele busca o que dizer. Pergunta-lhe onde ela mora. Ela mora num hotel que fica numa dessas ruas que dão para a praia.
Ele não ouve. Não ouviu. Para de chorar. Diz que está tomado por uma tristeza grande porque perdeu o rastro de alguém que teria gostado de rever. Acrescenta que tem uma propensão para sofrer com frequência desse tipo de coisa, dessas tristezas mortais. Diz a ela: Fique comigo.

Ela fica. Ao que parece, ele está um tanto incomodado pelo silêncio. Pergunta-lhe, acredita-se obrigado a falar, se ela gosta de ópera. Ela diz que não gosta muito de ópera, mas de Callas sim, muito. Como não gostar? Fala tão lentamente quanto se tivesse perdido a memória. Diz que se esquece, que também há Verdi e também Monteverdi. Você já reparou, é desses dois que gostamos quando não gostamos muito de ópera – ela acrescenta –, quando não gostamos de mais nada.
Ele ouviu. Vai chorar de novo. Seus lábios tremem. Os nomes de Verdi e de Monteverdi que fazem a ambos chorar.

Ela diz que também vaga à noite pelos cafés quando os fins de tarde são tão compridos e tão quentes. Quando a cidade inteira está lá fora não é possível ficar no quarto. Porque ela também está sozinha? Sim.

Ele chora. Não tem fim. É exatamente isso, chorar. Ele não fala sobre mais nada. Não falam mais, nem um nem outro.

Ficam ali até o café fechar.

Ele está voltado para o mar, e ela, do outro lado da mesa, diante dele. Durante duas horas ela olha para ele sem vê-lo. De vez em quando eles se lembram, sorriem um para o outro através das lágrimas. Depois se esquecem de novo.

Ele lhe pergunta se ela é uma prostituta. Ela não se surpreende, tampouco ri. Diz:

– Num certo sentido, mas não peço pagamento.

Ele também pensava que ela era uma das funcionárias do café. Não.

Ela brinca com uma chave para não fitá-lo.

Diz: Sou atriz, o senhor me conhece. Ele não pede desculpas por não conhecê-la, não diz nada. É um homem que não acredita em mais nada daquilo que dizem. Deve pensar que ela o descobre.

O café tinha fechado. Eles se encontraram do lado de fora. Ele olhara para o céu junto ao mar. No horizonte, havia ainda traços do poente. Ele falara do verão, daquele fim de tarde de uma suavidade excepcional. Ela não parecia saber do que se tratava. Dissera a ele: Estão fechando porque nós choramos.

Ela o leva a um bar mais afastado do mar, dando para uma estrada nacional. E ali ficam até o dia raiar. É ali que ele lhe diz que está passando por um momento difícil. Ela diz: Na hora da sua morte. Ela não sorri. Ele diz que sim, que é isso, que ele havia acreditado nisso, que ainda acredita. Sorri um sorriso forçado. Diz a ela outra vez que havia procurado na cidade por alguém que gostaria de rever, que é por essa razão que chorava, alguém que não conhecia, que tinha visto por acaso nessa mesma noite e que era quem esperava desde sempre e que gostaria de rever custasse o que custasse, mesmo a própria vida. Que era assim que ele era.

Ela diz: Que coincidência. Acrescenta:

– Foi por isso que eu o abordei, me parece, por causa desse desespero.

Sorri, confusa por recorrer a essa palavra. Ele não compreende. E pela primeira vez olha para ela. Diz: Você está chorando.

Olha melhor para ela. Diz:

– Sua pele é tão branca, mais parece que acabou de chegar à costa.

Ela diz que é sua pele que não toma sol, que isso existe. Está prestes a dizer alguma outra coisa que não diz.

Ele olha para ela com muita atenção, esquece-se mesmo de vê-la para melhor se lembrar. Diz:

– Curioso, é como se eu já tivesse encontrado você.

Ela reflete, olha para ele por sua vez, imagina onde e quando isso teria sido possível. Diz:

– Não. Nunca te vi antes desta noite.

Ele volta a falar da pele branca, e de tal maneira que a pele branca poderia ser um pretexto para ir buscar o porquê das lágrimas. Mas não. Ele diz:

– É sempre um pouco... sempre dá um pouco de medo, olhos tão azuis quanto os seus olhos... mas talvez isso seja porque os seus cabelos são tão pretos...

Ela deve estar acostumada a que lhe falem dos seus olhos. Responde:

– Os cabelos pretos e os cabelos louros criam um azul diferente nos olhos, como se viesse do cabelo a cor dos olhos. Os cabelos pretos deixam os olhos com um tom de azul-índigo, um pouco trágico também, é verdade, enquanto os cabelos louros deixam os olhos azuis mais amarelos, mais cinzentos, eles não dão medo.

Ela diz sem dúvida o que evitou dizer um momento antes:

– Encontrei alguém que tinha esse tipo de azul nos olhos, não se percebia o centro do olhar, de onde vinha, como se o azul inteiro olhasse.

Ele a vê de repente. Vê que ela descreve os próprios olhos.

Ela chora, é algo que chegou de maneira brutal, soluços fortes demais se sucedem desordenados e ela não tem força para chorar.

Diz:

– Me desculpe, é como se eu tivesse cometido um crime, queria morrer.

Ele tem medo de que ela o deixe também, que desapareça na cidade. Mas não, ela chora diante dele, seus olhos desvelados afogados nas lágrimas. Olhos que a deixam nua.

Ele toma suas mãos, coloca-as sobre o rosto.

Pergunta-lhe se são os olhos azuis que a fazem chorar.

Ela diz que é isso, sim, na verdade é isso, pode-se dizer que sim.

Ela abandona suas mãos a ele.

Ele pergunta quando foi.

Hoje.

Ele beija suas mãos como faria com o seu rosto, sua boca.

Diz que ela tem o cheiro leve e suave da fumaça.

Ela lhe dá a boca para que ele a beije.

Diz-lhe que ele está beijando esse desconhecido, diz: Você beija seu corpo nu, sua boca, toda sua pele, seus olhos.

Eles choram até de manhã a tristeza mortal da noite de verão.

Estaria escuro na sala, a peça começaria.

O palco, diria o ator. Seria uma espécie de sala de recepção, mobiliada austeramente com móveis ingleses, confortáveis, muito luxuosos, de mogno escuro. Haveria cadeiras, mesas, algumas poltronas. Sobre as mesas haveria abajures, vários exemplares do mesmo livro, cinzeiros, cigarros, copos, garrafas d'água. Sobre cada mesa haveria um buquê composto de duas ou três rosas. Seria como um lugar abandonado, fúnebre.

Pouco a pouco, um odor ia se espalhar, seria no início o que está escrito aqui, de incenso e rosa, e agora teria se tornado inodoro como poeira de areia. Muito tempo teria supostamente se passado, de fato, desde a origem do odor.

A descrição do cenário, do odor sexual, dos móveis, do mogno escuro deveria ser lida pelos atores com o mesmo tom do relato da história. Mesmo que, no acaso dos teatros diferentes onde a peça seria representada, os elementos desse cenário não coincidissem com o enunciado feito aqui, ele haveria de se manter inalterado. Nesse caso, caberia aos atores fazer com que o odor, o figurino, as cores se dobrassem ao escrito, ao valor das palavras, à sua forma.

Sempre haveria de se tratar desse lugar fúnebre, da poeira da areia, do mogno escuro.

Ela dormiria, diz o ator. Daria a impressão de fazer isso, dormir. Está no centro do quarto vazio, sobre lençóis brancos espalhados pelo chão.
Ele está sentado perto dela. Olha-a de quando em quando.
Tampouco há cadeiras nesse quarto. Ele teve que

trazer os lençóis e depois, um a um, porta após porta, fechar os outros cômodos da casa. Esse quarto dá para o mar e a praia. Não há jardim.

Ele deixou aqui o lustre de luz amarela.

Não deve saber com clareza o porquê dessas coisas que fez com os lençóis, as portas, a luz.

Ela dorme.

Ele não a conhece. Olha o sono, as mãos abertas, o rosto ainda estranho, os seios, a beleza, os olhos fechados. Se tivesse deixado abertas as portas dos outros cômodos, ela teria sem dúvida ido vê-los. É o que ele deve ter se dito.

Olha as pernas que repousam, lisas como são os braços, os seios. A respiração também, nítida, longa. E sob a pele de suas têmporas, calmamente o fluxo do sangue que bate, ralentado pelo sono.

Exceto por essa luz central de cor amarela que vem do lustre, o quarto está na penumbra, redondo, seria possível dizer, fechado, sem fissura alguma ao redor do corpo.

Ela é uma mulher.

Dorme. Dá a impressão de fazer isso. Não se sabe. A impressão de ter partido por completo para dentro do sono, com os olhos, as mãos, o espírito.

O corpo não está totalmente reto, pende um pouco para o lado, na direção do homem. As formas são flexíveis, invisíveis suas junções. Palavras vêm à boca, as do deslocamento das formas sob a pele que cobre.

A boca está levemente entreaberta, os lábios estão nus, ressecados pelo vento, ela sem dúvida caminhou para vir até aqui e já fazia frio.

O fato de que esse corpo dorme não significa que esteja sem vida alguma. Pelo contrário. E de tal modo que, através do sono, sabe quando alguém o observa. Basta que o homem entre na zona de luz para que um movimento brusco o atravesse, que os olhos se abram e que o observem, inquietos, até reconhecê-lo.

Foi na estrada nacional ao raiar do dia, quando o segundo café havia fechado, que ele lhe dissera que procurava uma jovem para dormir ao seu lado durante algum tempo, que tinha medo da loucura. Que queria pagar essa mulher, era sua ideia, que era preciso pagar essas mulheres para que impedissem os homens de morrer, de enlouquecer. Ele havia chorado de novo, extenuado de cansaço como estava. O verão lhe dava medo. A solidão deles no verão, quando os balneários estavam cheios de casais, de mulheres e de crianças, quando eles ouviam deboches em toda parte, nos espetáculos, nos cassinos, nas ruas.

Na terrível luz do dia, ela o vê pela primeira vez.
Ele é elegante. Na tragédia que vive neste momento, resta a vestimenta das roupas de verão, caras demais, bonitas demais, essa esbelteza do corpo, esse olhar afogado na simplicidade das lágrimas que faz esquecer as roupas. Suas mãos são muito brancas, sua pele. Ele é esbelto, alto. Assim como ela, deve ter praticado os esportes escolares desde muito cedo na vida. Ele chora. Em torno de seus olhos, restos de delineador azul.

Ela lhe diz que uma mulher paga voltaria mesmo que não houvesse ninguém. Ele diz que com certeza é assim que a quer, sem amor por ele, nada além do corpo.

Ele não havia querido que ela viesse logo em seguida. Em três dias, dissera, no tempo de aprontar tudo.

Acolhera-a com prudência, com certa frieza, suas mãos estavam geladas no verão. Ele tremia. Estava vestido de branco como o jovem estrangeiro de olhos azuis cabelos pretos.

Ele havia pedido para não ficar sabendo qual era o seu sobrenome nem o seu nome. Nada lhe dissera e ela nada perguntara. Ele lhe dera o endereço. Ela conhecia o local, a casa, conhecia bem a cidade.

A lembrança é confusa, penosa. Era um pedido humilhante. Mas que era preciso ainda assim fazer, caso ela viesse. Ele se lembra dela no interior do café, dessa outra mulher, da suavidade corporal da voz, do correr das lágrimas sobre o rosto branco. Dos olhos, azuis a ponto de confundi-lo. Das mãos.

Ela dorme. Ao seu lado, sobre o chão, há um quadrado de seda negra. Ele gostaria de lhe perguntar de que poderia servir, depois desiste, diz a si mesmo que deve ser, de modo geral, para proteger os olhos da luz à noite e, aqui, dessa luz amarela que cai do lustre refletida pelos lençóis brancos.
Ela colocou suas coisas junto à parede. Tênis branco, roupas de algodão igualmente brancas, uma faixa azul-escura.

Ela acorda. Não compreende de imediato o que se passa. Ele está sentado no chão, olha para ela, levemente inclinado sobre seu rosto. Ela faz um gesto quase que de defesa, de cobrir os olhos com o braço. Ele vê. Diz: Eu estava te olhando, só isso, não tenha medo. Ela diz que é surpresa, não medo.

Eles sorriem um para o outro. Ele diz: Não estou habituado a você. Ele está maquiado. Vestido de preto.

Nos olhos, misturadas ao sorriso, há a tristeza desesperada, as lágrimas da noite de verão.

Ela não pergunta nada. Ele diz:

– Não posso tocar seu corpo. É tudo o que consigo dizer, não posso, é mais forte do que eu, do que a minha vontade.

Ela diz que soube disso desde que o vira naquele café à beira-mar.

Ela diz que de sua parte sente desejo por aquele homem de olhos azuis do qual lhe falou no café, está atada ao desejo somente por ele, que não se importa, pelo contrário.

Ele diz que, seja como for, quer tentar possuir o corpo com as mãos, sem olhar, talvez porque o olhar não tenha lugar aqui. Faz isso, coloca as mãos às cegas sobre o corpo, segura os seios, os quadris em seu frescor de pele nua, faz o corpo se deslocar num movimento violento e, com uma espécie de empurrão, de tabefe, vira-o, deixa-o de face para o chão. Detém-se, surpreso com sua própria brutalidade. Tira as mãos. Não se mexe mais. Diz: Não é possível.

Ela também permanece do modo como caiu, virada para o chão. Quando se endireita, ele ainda está ali, imóvel, acima dela. Ele não chora. Não compreende. Eles se olham.

Ela pergunta:

– Isso nunca te aconteceu?

– Nunca.

Ela não pergunta se ele sabe de onde vem essa dificuldade em sua vida.

– Nunca com uma mulher, você quer dizer.

– Isso. Nunca.

A gentileza da voz é definitiva.

Ela repete, sorri:

– Nenhum desejo por mim, nunca.

– Nunca. Exceto – ele hesita – naquele café, quando você falou do homem que tinha amado, de seus olhos, enquanto dizia essas coisas eu te desejei.

Ela estende a seda negra sobre o rosto. Treme. Ele pede desculpas. Ela diz que não é nada, que é essa palavra, pronunciada aqui neste quarto. Diz também que o amor pode muito bem vir desse modo, ao escutar alguém falar como eram os olhos de algum desconhecido. Diz:

– Nunca de outro modo? Nem mesmo num momento de dúvida?

– Nunca.

– Como ter tanta certeza assim?

– Por que querer tanto assim que eu não tenha certeza?

Ela olha para ele como olharia para sua imagem em sua ausência. Diz:

– Porque não é possível que seja de outro modo.

Ela continua olhando para ele com essa fixidez. Diz:

– Não é possível compreender.

Ela lhe pergunta por que ele vai procurar em outro lugar diferente daquele onde está, já que tem certeza de ficar aqui até sua morte. Ele não sabe muito bem por quê. Procura.

– Talvez para ter uma história. Para isso tampouco podemos fazer diferente. Para nada, até.

– É verdade, sempre esquecemos. Uma história como: escrever uma história. E, no centro, essa diferença que faz o livro.

Demora muito antes que ela volte a falar. Está em outro lugar, por bastante tempo, sozinha. Sem ele, ele sabe. Ela repete:

– Então, você nunca sentiu desejo por uma mulher.

– Nunca. Mas me ocorre compreender que é possível senti-lo – ele sorri –, que é possível a gente se enganar.

Uma emoção se produz. Ela não deve saber muito bem o que é, se é um medo que regressa, dessa vez mais forte do que ela, ou se é expressão de uma espera que ignorava estar vivendo. Olha para o quarto, diz:
– Engraçado, é como se eu houvesse chegado em algum lugar. Como se tivesse esperado por isso desde sempre.

Ele lhe pergunta por que ela aceitou vir até o quarto. Ela diz que todas as mulheres teriam aceitado sem saber por que essa união branca e desesperada. Que ela é como essas mulheres, que não sabe por quê. Pergunta: Ele por acaso compreende alguma coisa?
Ele diz que nunca sonhou com uma mulher, que nunca pensou numa mulher como um objeto possível de se amar.
Ela diz:
– É uma coisa terrível. Eu jamais teria acreditado antes de te conhecer.
Ele pergunta se é tão terrível quanto não acreditar em Deus.

Ela acha que sim. É o fato do homem indefinidamente presente diante de si mesmo que assusta. Mas deve ser nesse lugar que estamos melhor preparados e mais à vontade para viver o desespero, com esses homens sem descendência que ignoram estar desesperados.

Ele lhe pergunta se ela quer ir embora da casa. Ela sorri, diz que não, que suas aulas não recomeçaram na universidade, que tem tempo para ficar aqui. Eu te agradeço, ela diz, mas não. E além disso, o dinheiro, não sou indiferente a ele.

Ela chega, pega os lençóis, leva-os para a parte mais escura do quarto. Embrulha-se inteira lá dentro e se deita ali, contra a parede, no chão. Sempre extenuada de cansaço.

Ele a observa atentamente fazer os mesmos gestos, cometer o mesmo erro. Deixa que se engane. É em seguida, mais tarde, quando ela está dormindo, que lhe diz isso.

Vai até ela, desembrulha os lençóis. Encontra-a quente no interior, dormindo. Somente então lhe diz que é preciso vir até a luz central do quarto. Talvez ela acredite que o que ele quer é que primeiro ela se engane. Para ter em seguida que lhe recordar o que ela deve fazer.

Ela acorda. Olha para ele. Pergunta: Quem é você? Ele diz: Lembre-se.

Ela se lembra. Diz: Você é aquele que estava morrendo no café à beira-mar. Ele diz outra vez que ela deve ir até a luz, que estava no contrato. Ela se surpreende. Acreditava que era melhor para ele somente a saber ali, sem ter de vê-la. Ele não responde. Ela obedece, vai para debaixo da luz.

Várias vezes em seguida ela irá, entretanto, dormir junto à parede, embrulhada nos lençóis. Todas as vezes ele vai trazê-la de volta à luz central. Ela deixa que ele a traga. Faz o que ele diz, sai dos lençóis e se deita sob a luz.

Ele nunca saberá se ela se esquece de verdade ou se opõe a ele uma resistência, um limite às suas ações nos dias por vir, que eles ainda não sabem em absoluto como serão.

É com frequência que ela vai acordar desorientada, inquieta. O que pergunta todas as vezes é que casa é esta. Ele não responde à pergunta. Diz que é de noite, antes do inverno, que é ainda outono.

Ela pergunta: Que ruído é esse?

Ele diz: O mar, ali, atrás da parede do quarto. Eu sou aquele que você encontrou numa noite este verão no café à beira-mar. E depois aquele que te deu dinheiro.

Ela sabe, mas não lembra bem por que está aqui.

Olha para ele, diz: Você é aquele que estava desesperado. Não acha que não nos lembramos bem? Ele, de repente, também acha que não se lembram bem, que é com dificuldade que se lembram. Desesperado por quê, afinal? Eles se surpreendem de súbito olhando um para o outro. Vendo-se, de súbito. Veem-se até a suspensão da palavra sobre a página, até esse golpe nos olhos, que fogem e se fecham.

Ela quer ouvi-lo dizer como amava esse amante perdido. Ele diz: Para além de suas forças, para além da vida. Ela quer ouvir de novo. Ele repete.

Ela cobre o rosto com a seda preta, ele se deita perto dela. Nenhuma parte dos seus corpos se toca. A imobilidade é compartilhada. Ela repete com a voz dele: Para além de suas forças, para além da vida.

Acontece brutalmente, com a mesma voz e a mesma lentidão. Ele diz:

– Ele olhou para mim. Descobriu minha presença atrás da janela do saguão e olhou para mim várias vezes.

Ela está sentada sob a luz amarela. Os olhos nele, escuta. Não sabe em absoluto do que está falando. Ele continua:

– Encontrou uma mulher, essa mulher fez um sinal com a mão para que ele a seguisse. Foi então que vi que ele não queria ir embora do saguão. Ela pegou seu braço e o levou dali. Um homem jamais teria feito isso.

A voz mudou. Sua lentidão desapareceu. Não é mais o mesmo homem que fala. Grita, diz que não suporta mais que ela olhe para ele daquele jeito. Ela não olha mais. Ele grita, não quer que ela se deite, quer que fique de pé. Ela não vai sair enquanto não tiver ouvido a história. Ele continua com a história.

Não viu o rosto daquela mulher com a qual ele se encontrara, ela estava virada para o jovem estrangeiro, não sabia em absoluto que havia alguém ali olhando para eles. Ela usava um vestido claro, sim, é isso, branco.

Ele lhe pergunta se ela está escutando. Ela está escutando, ele pode ficar tranquilo.

Ele continua com a história:

– Ela o chamou justamente porque ele olhava para mim com aquela insistência. Teve que gritar para conseguir fazer com que ele voltasse as costas a mim. De repente, fomos separados. Os dois desapareceram pela porta do saguão que dá para a praia.

Ele se impede de chorar. Chora.

Diz:

– Fui procurá-lo na praia, não sabia o que fazer. Depois voltei ao jardim. Esperei até a chegada da noite. Fui embora quando apagaram as luzes do saguão. Fui até o café à beira-mar. De modo geral, nossas histórias são curtas, mas como essa eu jamais tinha vivido. A imagem está aqui – ele mostra a cabeça, o coração –, fixa. Eu me fechei com você nesta casa para não esquecer. Agora você sabe a verdade.

Ela diz: É terrível, que história.

Ele fala de sua beleza. Os olhos fechados, ainda pode rever a imagem em sua perfeição. Revê a luz rubra do poente e seus olhos assustadoramente azuis naquela luz. Revê a tez branca dos amantes. Os cabelos pretos.

Alguém havia gritado em certo momento, mas naquele momento, do grito, ele ainda não o havia visto. Não sabe, então, se foi ele quem gritou. Não tem nem mesmo certeza de que tenha sido um homem quem gritou. Estava ocupado observando as pessoas reunidas no saguão. E de repente aquele grito acontecera. Não, pensando bem, aquele grito não vinha do saguão, mas de muito mais longe, estava carregado de ecos de todo tipo, de passado, de desejo. Deve ter sido um estrangeiro quem gritou, um jovem, para se divertir e talvez para assustar. Depois a mulher o havia levado dali. Ele procurara por toda parte, na cidade e na praia, não o havia reencontrado, como se aquela mulher o tivesse levado para longe.

Ela volta a lhe perguntar: Por que o dinheiro?
Ele diz: Para pagar. Para dispor do seu tempo como eu decidi. Para mandá-la embora quando eu quiser. E saber de antemão que você vai obedecer. Para escutar minhas histórias, as que invento e as que são verdadeiras. Ela diz: Também para dormir sobre o sexo inerte. Ela termina a frase do livro: E chorar aqui, também, algumas vezes.

Ele pergunta para que serve a seda preta. Ela diz:
– A seda preta, como o saco preto, onde colocam a cabeça dos condenados à morte.

> A escuta da leitura do livro, diz o ator, deveria ser sempre uniforme. A partir do momento em que a leitura do texto se produzisse entre os silêncios, os atores deveriam estar nela suspensos e, quase sem respirar, por ela imobilizados, como se através da simplicidade das palavras, em estágios sucessivos, houvesse sempre mais alguma coisa por compreender.

Os atores olhariam para o homem da história, às vezes olhariam para o público. Às vezes também olhariam para a mulher da história, mas isso jamais aconteceria por acaso.

Deveria ser perceptível esse não olhar dos atores para a mulher da história.

Dos acontecimentos que se passariam entre o homem e a mulher nada seria mostrado, nada seria interpretado. A leitura do livro haveria então de se oferecer como o teatro da história.

Nenhuma emoção particular deveria ser marcada em tal ou tal passagem da leitura. Nenhum gesto tampouco. Simplesmente a emoção diante do desvelamento da palavra.

Os homens estariam de branco. A mulher, nua. A ideia de que usasse roupas pretas foi abandonada.

Ela lhe diz que faz parte das pessoas que atravessam a praia à noite. Ele tem um leve movimento de recuo, como se questionasse o que ela diz. E depois lhe diz que acredita. Pergunta: Para lá dessas passagens, desse amor, quem é ela? Para lá dessas passagens, para lá de sua presença no quarto, quem?

Ela coloca a seda preta sobre o rosto. Diz: Sou uma escritora. Ele não sabe se ela ri. Não pergunta.

Eles se calam, escutam-se, igualmente distraídos. Perguntam sem esperar resposta. Falam sozinhos. Ele aguarda que ela fale. Adora sua voz, diz a ela, e nem sempre escuta quando falam, mas a ela sim, sempre escuta sua voz. Foi sua voz que fez com que lhe pedisse para vir até o quarto.

Ela diz que um dia fará um livro sobre o quarto, acha que é um lugar que existe como que por descuido, em princípio inabitável, infernal, um palco de teatro fechado. Ele diz que tirou os móveis, as cadeiras, a cama, os objetos pessoais porque desconfiava, às vezes, que ela poderia roubá-los, não a conhecia. Diz também que agora é o contrário, tem sempre medo de que ela vá embora enquanto ele dorme. Com ela fechada junto a ele nesse quarto, ele não está realmente separado dele, desse amante de olhos azuis cabelos pretos. Acha que é nesse quarto, com essa luz de teatro, que é preciso buscar o começo desse amor, desde bem antes dela, desde os verões de sua infância tolerados como punições. Ele não se explica.

O silêncio do quarto é profundo, já nenhum barulho chega, nem das estradas, nem da cidade, nem do mar. A noite está terminando, em toda parte límpida e negra, a lua desapareceu. Eles têm medo. Ele escuta, os olhos no chão, esse silêncio assustador. Diz que é a hora do mar inerte, mas que as águas da maré enchente já estão em vias de se reagrupar, que o acontecimento já está em curso, que vai se produzir depressa agora e que passará despercebido a essa hora da noite. Que ele sempre lamenta constatar que eventos como esses jamais foram vistos.

Ela o fita enquanto ele fala, os olhos muito abertos e dissimulados. Ele não a vê, mantém os olhos sempre abaixados na direção do chão. Ela lhe diz para fechar os olhos, para se fazer de cego, de algum modo, e se lembrar dela, de seu rosto.

Ele obedece. Fecha os olhos com muita força e por muito tempo, como fazem as crianças. Depois para. Mais uma vez, diz:

– Assim que fecho os olhos, vejo uma outra pessoa que não conheço.

Os olhares deles fogem um do outro, desviam-se um do outro. Ela diz: Estou aqui diante de você e você não me vê, isso dá medo. Ele fala depressa para encobrir o medo. Diz que deve ter a ver também com esta hora da noite, com essa mudança do mar, que mesmo as passagens vão cessar, que eles serão os únicos vivos deste lado da cidade. Ela diz que não, que não é isso.

Transcorre-se muito tempo antes que voltem a falar. Ela está diante dele. Tem o rosto nu, sem a seda preta. Ele não ergue os olhos para ela. Ficam assim, sem se mexer, por muito tempo. E então ela o deixa, deixa a luz, vai para junto da parede. Ele pergunta a ela sobre as passagens na praia, pede-lhe que lhe explique, ele nada sabe, faz pouco tempo que mora na cidade. Ela diz que são pessoas que se escondem para juntas se penetrar e gozar sem no entanto se conhecer nem se amar, praticamente sem se ver. Vêm da cidade e de vários outros balneários. Ele pergunta se há mulheres. Ela diz que sim, crianças também, cachorros, loucos.

Ele diz:
– O sol passa rente ao mar.
Uma poça de sol apareceu na parte inferior da parede do quarto, passa sob a porta de entrada, tem o tamanho da mão, treme sobre a pedra da parede. A poça vive apenas alguns segundos. Seu desaparecimento é brutal, ela é arrancada da parede com sua própria velocidade, a da luz. Ele diz:
– O sol passou, aconteceu e acabou como nas prisões.

Ela recoloca a seda preta sobre o rosto. Ele já não sabe mais de nada, nem do rosto, nem do olhar. Ela chora com leves soluços. Diz: Não é nada, é a emoção. Primeiro ele duvida da palavra, pergunta: A emoção? Depois lhe diz para pronunciá-la com seus próprios lábios sem interrogação alguma, sem objeto: A emoção.

Ela deve ter sido tomada pelo sono bem mais tarde. O sol estava alto no céu e ela ainda não dormia. Ele, por sua vez, adormecera, e tão profundamente que não a ouvira sair do quarto. Quando acordou, ela não estava mais ali.

Ele está sentado perto dela sem tocar o corpo. Ela dorme estendida na luz. Ele observa a força através da esbelteza, das articulações dos membros. Ela o deixa sozinho. Está muito silenciosa. Está, a cada instante da noite, pronta tanto para ficar no quarto quanto para ir embora, expulsa.

Ele a acorda. Pede-lhe que volte a vestir suas roupas e vá até a luz para que possa olhá-la. Ela obedece. Vai se vestir no fundo do quarto, na sombra da parede do mar. Depois volta até a luz. Fica de pé diante dele, que a fita.

Ela é jovem. Usa tênis branco. Em torno da cintura, de modo casual, uma echarpe preta amarrada. Nos cabelos pretos, uma faixa azul-escura do mesmo azul inacreditável de suas íris azuis. Usa um short branco.

Está ali diante dele, ele bem sabe, pronta para matá-lo porque ele a acordou desse jeito, e também pronta para ficar ali de pé diante dele a noite toda. Ele não sabe de onde vem essa faculdade de se submeter a tudo o que se apresenta, como se ordenado por Deus.

Ele lhe pergunta se ela está sempre vestida desse modo. Ela diz que desde que o conhece, sim.
– Parecia te agradar, então coloquei as mesmas cores.
Ele a olha por muito tempo. Ela diz: Não, ele nunca a viu antes daquela noite, naquele café à beira-mar. Ela lamenta.

Ela tira a roupa. Deita-se no seu lugar sob a luz. Tem um olhar selvagem que chora sem saber, como o dele. Ele acha que os dois se parecem. Diz isso a ela. Ela também acha, como ele, que ambos têm a mesma altura, os olhos da mesma cor azul e os cabelos pretos. Sorriem um para o outro. Ela diz: E, nesse olhar, a tristeza de uma paisagem noturna.

Às vezes é ele quem se veste em plena noite. Maquia os olhos, dança. Todas as vezes acredita que não a despertou. Às vezes coloca sua faixa azul, sua echarpe preta.

Uma noite. Ela lhe pergunta se ele poderia fazê-lo com a mão, sem se aproximar dela para isso, sem nem mesmo olhar.
Ele diz que não pode. Não pode fazer nada semelhante com uma mulher. Não consegue dizer que efeito tem sobre ele esse pedido da parte dela. Se aceitasse, arriscaria não mais querer vê-la, nunca mais, e talvez mesmo lhe fazer mal. Ela teria que ir embora do quarto, esquecê-lo. Ela diz que é o contrário, que não pode esquecê-lo. Que a partir do momento em que nada se passa entre eles, a memória do que não acontece permanece infernal.

Ela faz, ela mesma, com sua própria mão, diante dele, que olha. No gozo, é como se ela chamasse uma espécie de palavra muito baixa, muito abafada, muito distante. Uma espécie de nome, talvez, não tem sentido algum. Ele nada reconhece. Acredita-a portadora de uma clandestinidade natural, sem memória, feita de inocência, de disponibilidade sem fronteiras.
Diz:

– Gostaria que você me desculpasse, não tenho como ser de outro modo, é como se o desejo se apagasse quando me aproximo de você.

Ela diz que também ela está assim esses dias.

Ele diz que ela disse uma palavra um momento antes, uma espécie de palavra estrangeira. Ela diz que chamava alguém no suplício do gozo.

Ele sorri, diz a ela:

– Não posso exigir que você me diga tudo a seu respeito. Nem mesmo com dinheiro.

Ela tem essa cor dos olhos e dos cabelos dos amantes que ele deseja: esse azul dos olhos, enquanto os cabelos são desse preto. E essa pele branca que o sol não atinge. Às vezes há sardas, mas claras, descoloridas pela luz. Ela também tem um sono profundo que o liberta de sua presença.

A forma do rosto é muito bonita, desenhada sob a seda preta.

Ela se mexe. Outra vez fora dos lençóis, alonga-se e depois permanece alongada. Quando volta a se soltar, permanece desse jeito, aniquilada pelo relaxamento que vem às vezes de um cansaço infinito.

Ele vai até ela. Pergunta-lhe do que ela descansa, que cansaço é esse. Sem responder, sem nem mesmo olhar, ela ergue a mão e acaricia seu rosto acima dela, seus lábios, a borda de seus lábios, ali onde ela gostaria de beijar; o rosto resiste, ela continua a acariciar, os dentes se cerram, o rosto recua. Sua mão desaba.

Ele pergunta se é essa exigência que ele fez de sua presença ao lado dele todas as noites que ela chama de sono. Ela hesita e diz que talvez sim, que é assim que ela deve ter compreendido a coisa, sabendo que ele desejava tê-la perto de si, mas oculta pelo sono, o rosto suprimido pela seda preta como por um outro sentimento.

Ela está na sombra, separada da luz. O lustre embainhado de preto só ilumina o lugar dos corpos. A sombra do lustre faz as sombras diferentes. O azul dos olhos e o branco dos lençóis, o azul da faixa e a palidez da pele se recobriram da sombra do quarto, a sombra do verde das plantas do fundo dos mares. Ela está ali, misturada às cores, e à sombra, sempre triste por causa de algum sofrimento que desconhece. Nasceu assim. Com esse azul nos olhos. Essa beleza.

Ela diz que lhe é conveniente viver o que vive neste momento com ele. Pergunta-se o que teria feito em vez disso, se eles não tivessem se encontrado naquele café. Foi aqui, neste quarto, que se passou seu verdadeiro verão, sua experiência, a experiência da execração do seu sexo, e do seu corpo, e da sua vida. Ele escuta, desconfiado. Ela lhe sorri, pergunta se ele quer que continue a falar. Ele diz que ela não tem nada de novo a lhe contar, que tudo o que possa dizer são clichês. Ela diz:

– Não falo de você, falo de mim diante de você. A complicação vem de mim. A execração que você sente por mim não me diz respeito. Vem de Deus, é preciso aceitá-la como tal, respeitá-la como à natureza, ao mar. Não vale a pena traduzi-la na sua linguagem pessoal.

Ela fita a cólera retida na boca cerrada, nos olhos. Ri. Cala-se. O medo chega ao quarto, às vezes, mas nesta noite ainda mais, não é o medo de morrer, é o de ser lacerada, como que por um animal, de ser arranhada, desfigurada.

A sala estaria no escuro, diria o ator. A peça começaria sem cessar. A cada frase, a cada palavra.

Os atores poderiam não ser necessariamente atores de teatro. Deveriam ler o livro sempre em voz alta e clara, manter-se com muito afinco isentos de qualquer memória de tê-lo lido em algum momento, na convicção de não saber do que se trata, e isso todas as noites.

Os dois protagonistas da história ocupariam o lugar central do palco, perto da rampa. A luz seria sempre indecisa, exceto naquele lugar ocupado pelos protagonistas, onde seria violeta e uniforme. Ao redor, vultos vestidos de branco, girando.

Ele não pode deixá-la dormir. Ela está na casa, fechada com ele em sua casa. É enquanto ela dorme que essa ideia lhe vem, às vezes.

Ela já está habituada. Vê que ele se impede de chorar. Ela diz:

– Se quiser, posso ir embora. Voltar mais tarde. Ou nunca mais. É o meu contrato: ficar ou ir embora, tanto faz.

Levanta-se, dobra os lençóis. Ele chora. Os soluços não são contidos, são sinceros, como se ele saísse de um grande sofrimento que lhe houvessem causado. Ela se junta a ele ao rés da parede. Choram. Ela diz:

– Você não sabe o que quer.

Ela o observa existir nessa incoerência aniquiladora que o transforma quase que numa criança. Aproxima-se dele como se compartilhasse do seu sofrimento, de súbito ele mal a reconhece. Ela diz:
– Eu te desejo muito hoje, é a primeira vez.
Diz a ele para vir. Venha. Diz que é um veludo, uma vertigem, mas também não é preciso acreditar, um deserto, algo pernicioso que também leva ao crime e à loucura. Pede a ele que venha ver isso, que é uma coisa infecta, criminosa, uma água impura, suja, a água do sangue, que um dia ele terá de fazê-lo, uma vez ao menos, revolver esse lugar comum, que não poderá evitá-lo durante a vida inteira. Que seja mais tarde ou esta noite, qual a diferença?
Ele chora. Ela volta para junto da parede.
Deixa-o entregue a si mesmo. Coloca a seda preta, olha-o através dela.

Ele aguarda que ela adormeça. E então, com frequência faz isso, vai até a parte fechada da casa. Volta com um espelho na mão, vai até a luz amarela, olha-se. Faz caretas. E depois se deita, dorme imediatamente, o rosto voltado para fora, sem se mexer, com medo sem dúvida de que ela volte a se aproximar. Esqueceu tudo.

À exceção desse olhar de alguns dias atrás, nada mais se sabe, nada se passa além dos movimentos do mar, as passagens da noite, os choros.

Eles dormem, virados um de costas para o outro.
É ela que em geral afunda-se primeiro no sono. Ele a observa enquanto ela se distancia, enquanto ela ruma para dentro do esquecimento do quarto, dele, da história. De toda história.

Nesta noite ela volta a chamar, sempre com essa palavra perturbada, ferida, que quer dizer não se sabe o quê, que é talvez um nome, o nome de alguém de quem ela nunca fala. Um nome feito um som, ao mesmo tempo obscuro e frágil, uma espécie de gemido.
Nesta noite, ainda mais tarde, perto do amanhecer, quando acredita que ela durma, ele também lhe fala do que se passou na outra noite.
Diz:
– Preciso te dizer, é como se você fosse responsável por essa coisa interior que está em você, da qual não sabe nada e que me assusta, porque toma conta e transforma dentro de si mesma sem a menor aparência de fazê-lo.
Ela não estava dormindo.

Diz:

– É verdade que sou responsável por esse estado astral do meu sexo ao ritmo lunar e sangrento. Diante de você assim como diante do mar.

Eles se aproximam, prestes a se tocarem. Voltam a adormecer.

Antes dessa noite, entre todas as outras noites, ela nunca o havia visto. Já não se cansa de vê-lo. Diz-lhe:

– Vejo você pela primeira vez.

Ele não entende, desconfia de imediato dela, que prefere assim. Ela lhe diz que ele é bonito de um modo como nada mais é bonito no universo, nenhum animal, nenhuma planta. Que ele poderia não estar ali. Não ter acontecido no encadeamento da vida. Que dá vontade de beijar seus olhos, seu sexo, suas mãos, de acalentar sua infância até a própria libertação. Ela diz:

– Nesse livro, estará escrito: Os cabelos são pretos e os olhos são da tristeza de uma paisagem noturna.

Olha para ele.

Pergunta-lhe o que houve.

Ele não entende a pergunta e isso a faz rir. Ela o deixa assim, numa leve inquietude. Depois o beija e ele chora. Quando olham para ele com muita intensidade, ele chora. E ela chora ao vê-lo.

Ele descobre que nada sabe dela, nem seu nome, nem seu endereço, nem o que ela faz nessa cidade onde o encontrou. Ela diz: Agora já é tarde demais para saber, saber ou não daria no mesmo. Ela diz:

– Sou como você de agora em diante, ao sair de um longo e misterioso sofrimento cuja razão desconheço.

Sob a luz amarela, o rosto nu.

Ela fala da coisa interior. Dentro dessa coisa interior faz o calor do sangue. Seria possível fingir, talvez, que é um lugar diferente, fictício, deslizar para lá, lentamente deslizar para lá até alcançar o calor do sangue, ficar ali e esperar, só isso, esperar, ver surgir.

Ela repete: Vir uma vez para ver. Que seja agora ou mais tarde, ele não poderá evitá-lo.

Ele percebe que talvez ela chore. Não tolera muito bem que ela chore, deixa-a.

Ela recoloca a seda preta sobre o rosto.

Cala-se.

É então que ela pede que ele fique sobre o sexo inerte, só isso. Afasta as pernas para que ele se coloque em seu vão.

Ele está no vão das pernas afastadas.

Coloca a cabeça sobre a pequena abertura que fecha a coisa interior.

É o rosto contra o monumento, já em sua umidade, quase que em seus lábios, em seu sopro. Com uma docilidade que faz brotarem as lágrimas, fica muito tempo ali, os olhos fechados, sobre a superfície plana do sexo abominável. É então que ela lhe diz que ele é seu verdadeiro amante, por causa daquilo que ele disse, que não queria nada nunca, que sua boca está tão perto, que é insustentável, que ele tem de fazê-lo, amá-la com sua boca, amá-la como ela ama quem a faz gozar, ela grita que o ama, que ele deve fazê-lo, que ele é para ela qualquer um, como ela é para ele.

Continua gritando depois que ele afasta o rosto.

Ela já não grita.
Ele se refugia junto à parede perto da porta. Diz:
– Você tem que me deixar, tudo é inútil, eu nunca vou poder.

Ela se deita, o rosto contra o chão. Grita de raiva, controla-se para não bater, depois já não grita mais, chora. E depois adormece. Ele vem para perto dela. Acorda-a, pede-lhe que diga o que acha. Ela acha que já é tarde demais para que se separem.

Ela se vira. Ele volta para a parede. Ela diz:

– Talvez o amor possa ser vivido assim, de uma maneira horrível.

Ela dorme sob a seda preta até a manhã alta.

No dia seguinte, ela vai até junto da parede. E mais uma vez dorme durante toda a noite. Ele não a acorda. Não fala com ela. Ela vai embora ao raiar do dia. Os lençóis estão dobrados. A luz está acesa. Ele dorme, não a ouve ir embora.

Ele fica no quarto. O medo, de repente, de ser deixado.

Cai uma tempestade. Ele permanece ali, não apaga o lustre, permanece na luz.

Na noite deste dia, ela não está aqui. A hora de sua chegada passou. Ele não dorme. Espera-a para matá-la, pensa, com as mãos, matá-la.

Ela chega no meio da noite, muito tarde, o dia está quase raiando. Diz que está atrasada por causa da tempestade. Vai até a parede do mar, sempre ao mesmo lugar. Acha, sem dúvida, que ele não está dormindo. Joga suas roupas no chão, como faz normalmente, sempre nessa precipitação rumo ao sono.

Mete-se entre os lençóis, vira-se para a parede. De um golpe só afunda, dorme.

É então, depois que ela adormeceu, que ele lhe fala. Diz-lhe que será mandada embora antes do fim da temporada prevista. Parece que ela não pode ouvi-lo, ela não ouve mais nada.

Ele chora.

Ele só chora quando ela está ali, naquele lugar que é só dele e que ela invadiu. Ele só chora nesse caso, quando ela está ali, mas gostaria que ela só estivesse ali quando ele ordenasse. Muito rapidamente o choro passa a não ter qualquer razão de ser, assim como o sono. Ele chora assim como ela dorme. Às vezes ela chora no meio da noite, sem fazer ruído.

Quando ela adormeceu, escondida nos lençóis, sem dúvida veio a ele o desejo de se servir dessa mulher, de ir ver a cavidade quente do sangue, gozar dela com um gozo irregular, indigno. Mas para fazer isso teria sido necessário que ela estivesse morta, e ele se esquecera de matá-la.

Ele lhe diz que ela mentiu sobre os motivos do seu atraso. Essa palavra sempre lhe vem à boca: mentir. A prova é que ela dorme. Mesmo que ele fale, ela dorme, mente como as outras mulheres mentem, dorme.

Ele grita: Amanhã ela vai embora do quarto para sempre. Ele quer ficar em paz. Tem mais o que fazer do que ter a polícia dentro de sua própria casa. Vai fechar a porta, ela não vai mais entrar.

Apagará as lâmpadas para que ela ache que está tudo vazio ali. Vai lhe dizer: Não se dê mais ao trabalho de vir, nunca mais.

Ele fecha os olhos. Tenta ouvir, ver: o quarto está escuro. Nenhuma luz escoa por baixo da porta. Ela bate, ele não responde, então ela grita para que ele abra. Não sabe seu nome, exige que lhe abram a porta. Sou eu, abra. Ele pode imaginá-la sozinha na cidade ou entre as pessoas das passagens, já fez isso, já a imaginou, por exemplo quando ela vem e já está escuro. Mas não pode imaginá-la diante da porta fechada. De imediato ela saberia. Ela é assim, do tipo que saberia de imediato que a porta fechada é um fingimento. Sem dúvida saberia assim que visse que não há mais luz acesa.

Ele se engana. Recomeça: Não, ela não vai gritar, vai embora sem bater à porta e nunca mais há de voltar. O gesto de matar, de deixar para sempre, de ir embora para sempre, se fosse produzido, seria ela quem iria fazê-lo.

Ao olhá-la dormir, ele de repente sabe: é uma pessoa que não volta porque é uma pessoa que acredita no que lhe dizem. Do mesmo modo como dorme, ela acredita.

Ele dorme por muito tempo. Quando acorda, já é manhã avançada. O sol está alto. É possível vê-lo nas frestas da porta, sua espuma filtrada, com um brilho de aço.
Ela já não está no quarto.

A fraqueza nauseante de súbito até dentro da cabeça, mas particular, pessoal. A infelicidade, mas tal como ele a criou. Conhece sua economia, sua matéria.
Apaga o lustre de luz amarela. Deita-se no chão do quarto, por várias vezes adormece, acorda, não vai comer na cozinha da casa fechada. Não abre a porta. Fica no quarto, na solidão.
Conforme se aproxima a hora de sua chegada, ele decide que ela deverá ir embora, mas por conta própria, será preciso que ela chegue por conta própria à conclusão de que ele não tem condições de dar ordens, nunca.
Ele gostaria de falar com alguém. Mas não há ninguém, ela não está ali para falar. O sofrimento é claro, difundido pelo quarto, pela cabeça, pelas mãos, o

sofrimento priva-o de forças, apazigua a solidão, deixa-o ali, pensando que vá talvez morrer.

Junto à parede, os lençóis que ela dobrou. Colocou-os com cuidado no chão como teria feito uma convidada. Ele vai até os lençóis dobrados, desdobra-os e se cobre: o frio, de repente.

À noite ela bate à porta que ficou aberta.

Não saberíamos, diria um ator, com relação aos protagonistas da história, quem eles são nem por quê.

Às vezes, para poder olhá-los, os deixaríamos sozinhos, no silêncio, por um longo instante: ao seu redor, os atores imóveis, sem voz, e eles, na luz, surpreendidos por esse silêncio.

Com frequência ela dorme. E ele a fita.

Às vezes, nos movimentos do sono, suas mãos se tocam, mas para logo fugir uma da outra.

Eles estariam cegos pela luz, estariam nus, sexos nus, criaturas desprovidas de olhar, expostas.

Durante as noites que se seguem, nada acontece além do sono. Ruma-se a um certo esquecimento dos acontecimentos do verão.

Às vezes, distraídos, os corpos se aproximam e se tocam, e um leve despertar se produz, mas é logo recoberto pelo sono. A partir do momento em que se tocam, os corpos não se movem mais. É assim até que um dos dois se vire e se afaste. Mas não acontece nada que seja claro. Nenhum olhar, ainda. Nenhum termo.

Às vezes eles falam. O que dizem não tem a ver com nada do que se passa no quarto, exceto pelo fato de que no quarto eles não dizem nada.

Às vezes ela se vira, defende-se de uma ameaça exterior, do grito de um animal, do vento contra a porta, de sua boca maquiada, da suavidade do seu olhar. Sempre volta a adormecer. Às vezes, perto da aurora, chegaria às camadas mais profundas da ausência. Mal permanece a respiração, às vezes. Às vezes mais parece um animal adormecido ao lado dele.

De manhã, ele ouve quando ela vai embora. Mas também é por pouco. Não se mexe. Mais parece estar nessa mesma ausência esmagadora da manhã. E ela age como se fosse verdade que ele dorme.

Às vezes pode-se dizer que nada acontece além dessa mentira.

Quando a noite chega, ela vem na hora marcada, o corpo disposto sobre os lençóis brancos, nua, à luz do lustre.

Ela se finge de morta, o rosto abolido sob a seda preta. É o que ele pensa nos dias ruins.

É de noite ainda, sem dúvida. Nenhuma claridade vem de fora. Ao redor dos lençóis brancos, o homem que anda, que se vira.

O mar chegou diante do quarto. Não devem estar distantes da manhã. É o mar insone que está ali, bem perto das paredes. É bem o seu rumor, ralentado, exterior, o que leva à morte.

Ela abriu os olhos.

Eles não se olham.

Isso dura já faz várias noites.

Nenhuma definição exterior se oferece para dizer o que eles estão vivendo. Nenhuma solução para evitar o sofrimento.

Ela dorme.

Ele chora.

Ele chora sobre uma imagem distante da noite de verão. Precisa dela, de sua presença no quarto para chorar o jovem estrangeiro de olhos azuis cabelos pretos.

Sem ela no quarto a imagem permaneceria estéril, secaria seu coração, seu desejo.

O corpo, ele não o havia visto. Somente que ele usava roupas brancas, uma camisa branca.

Pálido, ele era pálido, vinha do Norte, do país secreto. Alto.

A voz, ele não sabe.

Não se move. Refaz o trajeto do jardim do hotel até a janela do saguão.

Escuta, os olhos fechados. Ouve o grito. Continua sem distinguir nenhuma palavra nele, nenhum sentido. Quando abre os olhos já é tarde demais, o corpo de olhos azuis avança em silêncio na direção da janela aberta.

Não fala dele com ela. A ideia não lhe ocorre. Não fala de sua vida. Jamais lhe ocorreu que fosse possível fazê-lo. As palavras não estão ali, nem a frase onde colocar as palavras. Para dizer o que lhes ocorre há o silêncio ou então o riso ou, às vezes, por exemplo, no caso deles, chorar.

Ela olha para ele. É assim que o vê em sua ausência, tal como ele está ali. Cheio de imagens mudas, bêbado de sofrimentos diversos, do desejo de reencontrar um objeto perdido, bem como de comprar algum que ainda não tenha e que se torna de repente sua razão de ser, esse terno, esse relógio, esse amante, esse carro. Onde quer que ele esteja, o que quer que faça, sempre um desastre em si mesmo.

Certas noites, ela pode ficar olhando para ele por muito tempo. Ele se dá conta de que seus olhos estão abertos. Sorri para ela como se tivesse sido de algum modo desmascarado, contrito, sempre com essa justificativa interminável para viver, para ter que fazê-lo.

Ela fala para lhe agradar.

Diz que mora na cidade durante o verão. Que mora num lugar não longe dali, numa cidade universitária, a mesma onde nasceu. Que é uma provinciana.

Gosta muito do mar, sobretudo desta praia. Aqui, não tem casa. Mora num hotel. Prefere. No verão, é melhor. Pela arrumação, o café da manhã, os amantes.

Ele começa a escutar. É um homem que escuta tudo o que lhe contam com a mesma paixão. Não se pode compreender por quê, a esta altura. Pergunta se ela tem amigos. Ela tem, sim, ali e também naquela cidade onde mora durante o inverno. São amigos desde sempre? Alguns sim, claro, mas sobretudo são pessoas que ela conheceu na universidade. Isso porque ela está na universidade? Sim. Estuda ciências. É também professora substituta de ciências, sim. Ela conta. Ele diz que havia compreendido que ela possuía estudo superior. Ela ri. Ele ri, confuso por ter percebido a que ponto sua conivência era grande. Depois, bruscamente, vê que ela já não ri, que o deixa, que olha para ele como se ele fosse adorável ou estivesse morto. E depois vê que ela regressa. Permanece em seu olhar um lume da perplexidade que ela acaba de atravessar em sua presença.

Não falam desse medo. Ela sabe menos do que ele que algo se passou. Ficam muito tempo distantes um do outro, tentando reencontrar o que aconteceu quando se olharam, esse temor que ainda desconhecem.

Ele gosta dessa ideia da loucura a partir da qual ela veio morar no quarto e aceitou o dinheiro. Ele sabe que é rica, sabe detectar essas coisas. Diz a ela que se ele se pusesse a amá-la, seria por causa disso, sobretudo, de sua riqueza, de sua loucura.

Como numa réplica a todas essas afirmações, certa noite ela descobre em seus pulsos os traços finos de lâminas de barbear. Ele nunca falou sobre isso. Ela chora. Não o acorda.

No dia seguinte, não vem ao quarto. Só volta dois dias depois. Eles nada dizem sobre essa ausência. Ele não lhe faz perguntas. Ela não fala sobre nada.

Ela voltará ao quarto como fazia habitualmente antes da descoberta das marcas nos braços.

O barulho do mar se distanciou. O dia ainda está longe.

Ela acorda, pergunta-lhe se ainda é de noite. Ele diz que sim, que ainda é. Ela fita por muito tempo esse homem que dorme mal, ela sabe disso. Diz: Mais uma vez dormi demais.

Diz que, se ele quiser, pode lhe falar enquanto ela dorme. Também pode acordá-la se desejar, para que ela escute o que diz. Ela já não está mais cansada como estava naquele período do café à beira-mar. Se ele desejar, também, enquanto ela dorme pode beijar seus olhos, suas mãos, como fez aquela vez no café. Quando ela tiver adormecido de novo, tarde da noite, é o que ele fará:

A seda preta terá deslizado e seu rosto estará nu sob a luz. Ele tocará seus lábios com os dedos, os de seu sexo também, beijará os olhos fechados, o azul que foge sob os dedos. Tocará também certas partes de seu corpo, infectas e criminosas. Quando ela acordar, ele dirá:

– Beijei seus olhos.

Ela voltará a se deitar, colocará de volta a seda preta sobre o rosto. Ele vai se estender junto à parede e aguardar o sono. Ela repetirá a frase que ele disse, mas com a suavidade dele, com sua entonação: Beijei seus olhos.

No meio da noite, ela fica como que aterrorizada. Veste-se, diz que um dia o número de noites previstas será ultrapassado e eles não vão saber. Ele não ouve. Quando dorme, não ouve. Ela se deita de novo, tem dificuldade para voltar a adormecer, olha para ele, olha para ele sem fim, e lhe fala, e chora ao ouvir o que lhe diz, este amor.

Ele anda pelo quarto em torno dos lençóis brancos, junto à parede. Pede a ela que não durma. Que fique nua, sem a seda preta. Anda em torno do corpo.

Às vezes, apoia a testa na parede fria, ali onde bate o mar forte.

Ela pergunta o que ele ouve através da parede. Ele diz:

– Tudo. Ao mesmo tempo gritos, golpes, estampidos, vozes.

Ele também ouve a Norma. Ela irrompe numa gargalhada. Ele a observa rir, está maravilhado com esse riso. Aproxima-se dela e fica ali, olhando-a rir,

rir sem parar, embarcar toda a história deles num riso louco.

Ela lhe pergunta: Mas quem canta a Norma? Ele diz que é Callas, que só mesmo ela para cantar Bellini. Ela lhe pergunta: Mas onde cantam a Norma às quatro da manhã neste lugar? Ele diz que são pessoas num carro à beira-mar, que é só ela escutar com atenção. Ela faz isso e volta a rir: não há nada. Então, ele lhe diz que se ela quiser escutar a Norma isso é possível. Que há um toca-discos na casa. Ela o deixa ir. Ele fecha a porta e pouco depois o quarto se enche da voz de Callas.

Ele volta. Fecha a porta atrás de si. Diz: Eu jamais ousaria impor isso a você.

Quando ele escuta a Norma, ela beija suas mãos, seus braços. Ele não a impede.

De repente, de forma brutal, ele entra de novo na casa, interrompe o disco. Sai.

Está no terraço. A lua desapareceu. O céu está sem nuvens, seria possível acreditar que é azul. A maré está baixa, a praia está descoberta até bem além dos quebra-mares do canal, tornou-se uma vasta região abandonada, tomada por lagos, buracos. As pessoas das passagens andam em sua maioria na beira do mar, sobretudo homens. Alguns, ao contrário, passam bem perto da parede do quarto. Não olham. Durante muito tempo ele não sabia dessas passagens, achava que as pessoas saíam para realizar um trabalho noturno nos arredores, de pesca ou nos mercados. Havia ido embora desta cidade muito jovem, numa idade em que ainda não tinha como saber. Ficou distante por muito tempo. Fazia pouco que voltara a viver aqui, só alguns meses. Ia embora regularmente. Sempre por razões sentimentais. Como só tinha esta casa, nunca buscara outro lugar onde morar, quando regressava.

Lembra-se: quando está longe daqui, não olha para o mar, mesmo quando ele está ali, à sua porta.

Não faz nada. É alguém que não faz nada, e o estado de não fazer nada ocupa a totalidade do tempo. Talvez ela saiba que ele não trabalha. Um dia, ela lhe disse que nesta cidade havia muita gente que não trabalhava, que vivia do aluguel das casas no verão.

As pessoas que passam, sempre: alguns vão rumo à cidade, caminham na direção da foz do rio, são os que voltam. Outros vão rumo ao labirinto de pedras, os amontoados escuros. Caminham como aqueles que voltam para casa, sem nada olhar, sem nada ver.

Ao longe, para o norte, distingue-se do restante do horizonte o lugar dos amontoados de pedras. É na base de uma colina calcária, um monte escuro. Ele se lembra, havia cabines de banho destruídas, um forte alemão que despencara das falésias.

No quarto, ela está sentada sob o lustre de luz amarela. Às vezes, como nesta noite, quando volta do terraço, ele se esquece de que há essa mulher no quarto.

Lembra-se de que nesta noite ela estava um pouco atrasada com relação ao horário habitual, ele não lhe falou disso. Preocupa-se, não porque tenha se esquecido de comentar isso, mas no sentido de que esse atraso não adquira uma importância que poderia acabar vindo a ter mais tarde, no curso dos dias futuros, quando lhe acontecerá acreditar que começou a amá-la.

Ela está de pé à luz do lustre, virada para a porta. Observa-o avançar no quarto como todos os dias com a mesma emoção da primeira vez naquele café à beira-mar. O corpo está nu, as pernas são compridas e magras como as de um adolescente, o olhar é incerto, de uma suavidade inacreditável. Leva os óculos na mão, não pode vê-la bem.

Ele diz que estava à beira-mar olhando para as passagens como num livro que ela tivesse escrito. Ele não foi embora. Já não ia mais embora como antes. Fazia já vários dias que não pensara mais em ir embora.

Foi com ela no quarto que adquiriu esse hábito de ir até o terraço à noite e olhar o mar.

Calam-se juntos, como fazem com frequência, durante muito tempo.

É ela quem fala, quem se inquieta por causa do silêncio.

É verdade, não se ouve mais nada, nem mesmo o barulho habitual do mar e do vento misturados. Ele diz: O mar está muito longe, quase sem ondas, é verdade, mais nada.

Ela olha ao redor. Diz: Ninguém tem como saber o que se passa neste quarto. E ninguém tem como dizer o que vai acontecer mais tarde. Ela diz que as duas coisas são igualmente assustadoras para as pessoas que os observam. Ele se surpreende: Quem os observa? Os moradores da cidade, eles podem ver que a casa não está vazia. Através das venezianas fechadas, veem a luz e se indagam. O que se indagam? Se não seria preciso chamar a polícia. A polícia indaga: Por que razão vocês estão aqui? E eles não encontram razão alguma. É isso.

Ele diz: Um dia não vamos nos conhecer mais. Bem depressa a casa estará vazia, será vendida. Eu não terei filhos.

Ela não o escuta, fala, por sua vez. Diz:

– Talvez alguém de fora pudesse vir a saber o que está se passando no quarto. Alguém que simplesmente os observasse dormir e que soubesse, a partir do sono, da posição dos corpos, se as pessoas no quarto se amaram.

Ela também acha que está tarde demais, que eles dormem demasiadamente todos os dias. Não diz para fazer o quê, já que não esperam nada. Diz outra coisa: diz que precisam de tempo para pensar em si mesmos, em seu destino.

Gostaria que ele lhe recordasse o que ela disse há pouco, quando acordou. Ocorre-lhe falar meio adormecida e mal se lembrar, ao acordar, do que disse. Mas nesse caso ela lembra-se bem de uma voz de mulher que se parecia com a sua, e de uma frase complicada, dolorosa, arrancada de sua própria carne, que não compreendera por completo e que a havia feito chorar.

Ela reencontra o que disse dormindo. Falou do tempo que passa no quarto. Gostaria de saber como falar dessa vontade de reter junto a si o tempo que passa, rosto contra rosto, corpo contra corpo, estreitados. Diz que fala desse tempo entre as coisas, entre as pessoas, esse que as outras pessoas jogam fora, sem importância para elas, para essas pessoas perdidas. Mas diz que é talvez o fato de não falar a respeito desse tempo que faz com que ele se produza, esse tempo que ela tenta ganhar.

Chora. Diz que o mais terrível é o esquecimento dos amantes, esses jovens estrangeiros de olhos azuis cabelos pretos. Ele permanece imóvel, os olhos noutra direção. Ela se deita, cobre-se com os lençóis e esconde o rosto com a seda preta. Ele se lembra de que deve ser ao tempo que passa que se refere esse estranho discurso que às vezes a desperta.

Ela fala sem parar.

À noite, com frequência faz isso. Ele escuta com atenção tudo o que ela conta. Esta noite, ela diz que quando eles se deixarem não terão lembranças de nenhuma noite em particular, de nenhuma palavra, de nenhuma imagem que esteja separada do resto das palavras, do resto das imagens. Que terão uma lembrança fixa do vazio do quarto, do teatro de luz amarela, dos lençóis brancos, das paredes.

Ele se deita perto dela. Não a questiona. Ela de súbito está muito cansada, à beira das lágrimas. Ele diz: Também teremos uma lembrança da seda preta, do medo, da noite. Diz: Do desejo também. Ela diz: É verdade, do nosso desejo um pelo outro, com o qual nada fazemos.

Diz: Mentimos. Não queremos saber o que se passa no quarto. Ele não pergunta por que está tão cansada.

Ela se vira. Deita-se junto ao corpo dele, mas permanece ali sem abordá-lo, o rosto ainda sob a seda preta.

Diz que esta noite estava com um homem antes de vir à casa dele, que gozou intensamente junto a esse outro homem, com o desejo que tinha por ele, e que foi isso o que a cansou.

Durante um longo instante ela já não sabe nada dele. E em seguida ele fala. Pergunta como era esse homem, qual o seu nome, como eram seu gozo, sua pele, seu pênis, sua boca, seus gritos. Até o raiar do dia segue perguntando. Só ao fim pergunta qual a cor de seus olhos. Ela dorme.

Ele olha para ela. A massa encaracolada dos cabelos, a profundeza do brilho preto, dos brilhos ruivos que recordam os dos cílios. E os olhos de pintura azul. E da testa até os pés, essa paridade do corpo a partir do eixo do nariz, da boca, no corpo inteiro essa reiteração, essa repetição igual das cadências e da força e da fragilidade. A beleza.

Diz-lhe que ela é bonita. Mais bonita do que qualquer coisa que ele jamais tenha visto. Diz-lhe que na primeira noite, quando ela apareceu na porta do quarto, ele havia chorado. Ela não quer saber disso, já não ouve o que é dito sobre essa calamidade.

Ele lhe recorda que há três dias já estava atrasada com relação ao seu horário habitual. Pergunta-lhe se a causa era esse homem. Ela tenta se lembrar. Não, não era ele. No dia a que ele se refere, ele a havia abordado na praia. Hoje é que foram pela primeira vez ao quarto do hotel.

A partir desta noite ela chegará mais tarde do que deveria. Não diz, espontaneamente, por que está atrasada. É preciso que ele pergunte, e então ela diz. É por causa desse homem, ela o reencontra à tarde, ficam juntos até a hora do contrato, quando ela vem até este quarto passar a noite. Esse homem está a par da sua existência, ela lhe falou a seu respeito. Ele também goza violentamente graças ao desejo que ela sente por outro homem.

Quando ela lhe fala desse homem seus olhos sempre o fitam. Com muita frequência ela fala da borda do sono.

Quando adormece, ele sabe disso graças à sua boca que se entreabre, aos seus olhos que deixam de tremer sob as pálpebras e que de repente afundam dentro do rosto. Então, ele faz com que ela escorregue suavemente para o chão, rumo a seu campo de visão. Ela dorme. Ele olha. Faz deslizar a seda preta, olha para o rosto. Sempre o rosto.

Esta noite, a maquiagem de seus olhos foi comida pelos beijos do outro homem. Os cílios estão nus, têm a cor da palha vermelha. Há leves hematomas em seus seios. As mãos estão abertas, estão levemente sujas, seu cheiro mudou.

Esse homem existe como ela lhe diz.

Ele a desperta.

Pergunta-lhe ao mesmo tempo de onde ela vem, quem é, qual sua idade, seu nome, seu endereço, sua profissão.

Ela não diz nada. Nem de onde vem. Nem quem é. Não lhe revela seu nome.

Acabou. Ele não vai insistir. Fala de outra coisa.

Diz: Em seus cabelos, em sua pele, há um novo perfume, difícil dizer qual.

Ela abaixa os olhos para dizê-lo. Já não é somente seu perfume, é também o do outro homem. Se ele desejar, ela virá somente com o perfume desse homem no corpo, amanhã, se ele desejar. Ele não diz se deseja.

Uma noite ele lhe pergunta por que ela foi até sua mesa no café à beira-mar. Por que aceitou o contrato das noites em claro.

Ela reflete. Diz:

– Porque assim que você entrou naquele café, no estado em que se encontrava, naquela dor mansa, lembra, você estava com vontade de morrer, eu também quis morrer daquele modo teatral e exterior. Queria morrer com você. Disse a mim mesma: Colocar meu corpo junto ao seu corpo e esperar a morte. Como você sem dúvida imagina, com a educação que tenho na bagagem, eu haveria de considerá-lo um vagabundo e temê-lo, mas você chorava, foi só o que vi, e fiquei. Foi de manhã, naquela estrada nacional, quando você disse que queria me pagar, que te olhei por inteiro. Vi as roupas de clown e ao redor dos seus olhos o delineador azul. Então, eu soube que não me enganara, que te amava, porque, ao contrário do que me haviam ensinado, você não era um vagabundo nem um assassino, você tinha saído da vida.

Ele crê perceber no sorriso o repuxar das lágrimas, a ausência, e, no olhar, a nova hipocrisia, a que chega quinze dias após o início das coisas. Sente medo.

Ela diz:

– Não te conheço. Ninguém pode te conhecer, se colocar em seu lugar, você não tem lugar, não sabe onde encontrar um lugar. E é por isso que te amo e que você está perdido.

Ela fecha os olhos. Diz:

– Nesta casa à beira-mar, você se perdeu como um povo sem descendência. Naquele café, vi que você desejava ter esse renome, esse estatuto, fiquei contigo num momento da minha vida – no coração da minha juventude – em que estava como se esse povo perdido fosse também o meu.

Ela para, olha para ele, depois lhe diz que durante as primeiras horas do encontro deles soube que tinha passado a amá-lo como quem sabe que começou a morrer.

Ele pergunta se ela está habituada à morte.

Ela diz acreditar que sim, que é aquilo a que melhor nos habituamos. Diz:

– Depois, no fim da noite, já era tarde demais para que eu recusasse. Sempre foi tarde demais para não te amar. O dinheiro, você achava, deveria confirmar a morte, e por isso você me pagou, para que eu não te amasse. E eu, através de todos esses estratagemas, vi somente que você ainda era muito jovem e aquela história de dinheiro não serviu de nada.

Ele quer saber daquele homem da cidade.
Ela lhe diz: Eles se veem à tarde num quarto de hotel que ele alugou pelo mês todo a fim de que se encontrem durante o dia. Ficam juntos nesse quarto até a hora do contrato. Às vezes ele não vem, e então ela acaba por adormecer, é essa a causa dos seus atrasos, é ele que normalmente a acorda, se não estiver lá ela não acorda. Às vezes, também, ao sair do quarto ela vai diretamente para esse hotel e fica ali até a noite seguinte.

Ela lhe informa que foi demitida do seu cargo de professora. Ele grita com ela. Sua idiota, sua louca, ele diz. Não sou eu quem vai te sustentar, não conte com isso. Ela ri muito e ele acaba rindo com ela.

Ele está deitado perto dela. Ela está debaixo da seda preta, olhos fechados. Ela acaricia os olhos, a cavidade dos olhos, a boca, os ângulos e superfícies lisas do rosto, a testa. Busca às cegas um outro rosto, através da pele, dos ossos. Fala. Diz que esse amor é tão terrível de se viver quanto a imensidão indiana. E grita.

Tira as mãos do rosto do homem do quarto como se tivesse se queimado, vira as costas para ele, vai se jogar contra a parede do mar. E grita.

Está aos soluços. Está diante da perda, que descobre neste instante, de toda razão de viver.

A coisa acontece com o caráter repentino da morte.

Ela chama alguém em voz muito baixa, surda, chama como que em sua presença, chama como faria com um morto, para lá dos mares, dos continentes, com o nome de todos ela chama um único homem com a sonoridade central da vogal soluçada do Oriente, a que saiu do alto do Hôtel des Roches no fim daquele dia de verão.

Chora longe dele, desse homem, do que diz respeito a ele, aquém de toda história, chora a história que não existiu.

O homem voltou a se tornar o homem do quarto. Está sozinho. Primeiro, quando ela gritou, ele não a olhou, vestiu-se para ir embora dali, para fugir. E depois ouviu o nome. Então voltou lentamente para junto dela. Disse:

– É curioso, tento me lembrar no seu lugar, como se fosse possível, reencontrar as circunstâncias, o lugar, as conversas... e ao mesmo tempo sei que é impossível, porque... uma coisa assim, tão terrível, seria extraordinário que eu a tivesse esquecido.

É como se ele não tivesse falado. Ela continua virada de costas, o rosto para a parede, diz a ele que vá embora. Pede-lhe que vá para dentro da casa, que a deixe sozinha.

Durante um dia inteiro ela permanece no quarto.

Quando ele volta ao quarto, ela está parada na porta aberta, vestida de branco.

Ela sorri e diz:

– É terrível.

Ele pergunta o que é terrível. Ela diz:

– Nossa história particular.

Ele pergunta a ela o que lhe aconteceu. Ela diz que era o rosto dele que ela acariciava, mas que, sem dúvida, sem se dar conta, sem que ela soubesse, havia buscado outro rosto. Que de súbito esse outro rosto tinha estado sob suas mãos.

As razões que ela dá ele não guarda na memória. Ela diz:

– Não compreendo, era como uma aparição, é por isso que senti tanto medo.

Ela diz que eles estão como se tivessem sido retidos juntos dentro de um livro, e que com o fim do livro serão devolvidos à diluição da cidade, outra vez separados.

Ela vai falar do incidente com leveza. Dirá:
– Isso teria muito bem podido se passar longe daqui, há anos, num país estrangeiro, durante um verão esplendoroso, como se dão para você essas tristezas mortais das férias que te fazem chorar, teria podido ser esquecido a ponto de não sonharmos mais com isso, nunca mais, e regressar de repente, ao alcance da mão, com a força de uma primeira vez, de um amor louco, repentino.

Ele diz que começa a esquecer os olhos do jovem estrangeiro de olhos azuis cabelos pretos. Ao acordar, às vezes chega a duvidar de que a história tenha existido. Como esse rosto que ela procurava sem saber, o do jovem estrangeiro deve recobrir um outro para ele, mas um rosto futuro. Ele diz que o rosto cego do qual ainda se lembra lhe parece agora hostil, brutal.

Ela diz que desde sempre era sem dúvida ele que ela queria amar, um falso amante, um homem que não ama.

Ele diz:

– Antes de me conhecer, então, já era eu.

– Sim, como o personagem no teatro, antes mesmo de saber que você existia.

Ele experimenta certo temor. Não gosta que lhe falem disso, de certas coisas. Diz que falaram daquilo que não conhecem. Ela não tem certeza. Diz:

– Você se engana, talvez não seja verdade. De certo modo, conhecemos tudo, tudo e todo mundo, eu acho. Veja a morte, como a conhecemos bem.

Ele fica muito tempo imóvel na luz amarela, na sonoridade assustadora das palavras. Diz a ela que venha para mais perto. Ela faz isso, deita-se muito perto dele, mas sem encostar em seu corpo. Ele pergunta se é o rosto de alguém que morreu o que ela encontrou debaixo de sua mão.

Ela é lenta na resposta. Diz que não, sem dúvida que não.

Ele gostaria que ela viesse para a luz. Ela ainda não pode vir, pede-lhe que a deixe. Ele não a deixa, questiona-a, e ela responde:

– Por que você gritou?

– Porque acreditei no castigo do Céu.

Eles dormem, acordam, ele volta a perguntar como era aquele amor, como foi vivido. Ela diz:

– Como um amor que tem um começo e um fim, inesquecível, mas eis que o esquecemos, já não sei.

Ela diz que as pessoas deveriam conseguir viver como eles, o corpo largado num deserto com a lembrança, no espírito, de um único beijo, de uma única palavra, de um único olhar para todo um amor.

Ela dorme.
Ele diz: Era um fim de tarde de excepcional suavidade, nem um sopro de vento, a cidade inteira estava lá fora, só se falava da calidez do ar, uma temperatura colonial, o Egito na primavera, as ilhas do Atlântico Sul.

As pessoas contemplavam o poente, o saguão parecia uma gaiola de vidro disposta sobre o mar. No interior, havia mulheres com crianças, elas falavam do fim da tarde de verão, diziam que era muito raro, três ou quatro vezes na estação, talvez, e ainda que era preciso desfrutar daquilo antes de morrer, porque não se sabia se Deus faria com que ainda tivessem por viver outros tão belos.

Os homens estavam lá fora, no terraço do hotel, era possível ouvi-los tão claramente quanto às mulheres do saguão, também eles falavam dos verões passados. As conversas eram as mesmas, as vozes também, igualmente suaves e vazias.

Ela dorme.

– Atravessei o jardim do hotel, aproximei-me de uma janela aberta, queria ir até o terraço com os homens, mas não ousei, fiquei ali observando as mulheres. Era bonito aquele saguão dando para o mar diante do centro do sol.

Ela acorda.

– Foi pouco depois de eu ter chegado perto da janela que o vi. Ele devia ter entrado pela porta do jardim. Vi-o quando ele estava atravessando o saguão. Parou a alguns metros de mim.

Ele sorri, tenta debochar, mas suas mãos tremem.

– Foi ali que aconteceu. Esse amor de que te falei, foi ali. Foi ali que vi para sempre um jovem estrangeiro de olhos azuis cabelos pretos, por quem eu queria morrer naquela noite em sua presença, no café à beira-mar – ele sorri, debocha, mas ainda está tremendo.

Ela olha para ele, repete as palavras para dizê-las: Um jovem estrangeiro de olhos azuis cabelos pretos.

Ela sorri, pergunta: Esse de quem você já me

falou, o que foi embora com aquela mulher vestida de branco?

Ele confirma: Isso.

Ela diz:

– Naquele fim de tarde, passei pelo saguão, mas por alguns minutos, para ir me encontrar com alguém que devia deixar a França.

Ela se lembra do barulho daquelas mulheres no saguão, de certas palavras ditas sobre a suavidade excepcional daquele fim de tarde de verão.

Mas do próprio fim de tarde ela não se lembra.

Reflete. Sim, lembra-se do deslumbramento geral diante da raridade de um fim de tarde do qual falavam como se de algo que devesse ser guardado fora da morte, para que mais tarde pudessem contar às crianças. E também que ela teria preferido esconder aquele fim de tarde de verão, transformá-lo em cinzas.

Cala-se durante um bom tempo. Chora.

Diz que se lembra sobretudo do céu vermelho, através das venezianas fechadas do quarto do Hôtel des Roches, onde fazia amor com um jovem estrangeiro que não conhecia, que tinha os olhos azuis e os cabelos pretos.

Ele chora, por sua vez. Cala-se. Afasta-se dela.

Ela diz que há muitos estrangeiros que vêm no verão até esse balneário aprender francês, que sempre têm cabelos pretos e às vezes olhos azuis. Acrescenta: E a pele morena como certos espanhóis, você notou? Ele notou, sim.

Ele lhe pergunta se em algum momento da noite, perto dela no saguão, não teria havido, entretanto, durante um breve tempo, uns poucos segundos, outro jovem vestido de branco, outro jovem estrangeiro de olhos azuis cabelos pretos. Ela pergunta:

– Você disse de branco?

– Já não tenho certeza de nada, acho que de branco, sim. Bonito.

Ela olha para ele, é ela quem pergunta:

– Quem é ele?

– Não sei. Nunca soube.

– E por que ele seria estrangeiro?

Ele não responde. Ela chora, sorri para ele em meio às lágrimas.

– Para que ele tenha ido embora para sempre?

– Provavelmente.

Ele lhe sorri também em meio às lágrimas.

– Para que o desespero seja ainda maior.

Choram. Ele pergunta, por sua vez:

– E ele também foi embora, de verdade?

– Sim. Para sempre ele também.

– Vocês tiveram uma história.

– Ficamos três dias inteiros naquele quarto do Hôtel des Roches. E então o dia de sua partida chegou, aquele dia de verão do qual você fala e do qual eu nada vi a não ser aqueles poucos minutos no saguão. Eu havia descido primeiro do quarto e ele deveria me encontrar lá. Estávamos atrasados.

Ele hesita. Pede-lhe que lhe conte. Ela conta:

– Não. Ele gostava de estar com as mulheres.

Ele diz a frase da profecia:

– Cedo ou tarde ele teria vindo até nós, todos vêm, basta esperar o tempo necessário.

Ela sorri, diz:

– Ele não teria ficado no quarto.

Ele fecha os olhos. Diz que revê o saguão na luz do verão. Pergunta:

– Ele não queria te deixar, é isso?

– É isso, ele não queria. Não queria.

– O crime do qual você falava era esse?

– Era esse.

– A separação.

Ela não olha para ele. Diz: Sim. Diz:

– Por quê? Sabe-se lá... Não sei. Ainda não sei,

talvez nunca venha a saber. Talvez a beleza, ela era surpreendente, incrível. Também havia isso, essa beleza profunda que parecia ter um sentido, como sempre é o caso da beleza, quando ela dilacera. Ao contrário do que se poderia pensar, ele vinha do Norte. De Vancouver. Judeu, eu acho. Estava aberto à ideia de Deus.

Ela diz: Talvez a ideia da felicidade o apavore.

Ela diz: Ou talvez a ideia do desejo, forte demais, terrível.

Ele pergunta:

– Às vezes você pronuncia um nome enquanto dorme, uma palavra. É perto de amanhecer, é preciso estar muito próximo do seu rosto para chegar a ouvir. Mal chega a ser uma palavra, mas dá a impressão de se parecer àquela que uma voz gritava no hotel.

Ela lhe fala dessa palavra. Essa palavra era um nome pelo qual ela o havia chamado e pelo qual ele a havia chamado também, nesse último dia. Era, na verdade, o nome dele, mas deformado por ela. Ela o escrevera na própria manhã de sua partida, diante da praia esvaziada pelo calor.

Ela o observara dormir. Era por volta do meio-dia, ela o acordara para que ele a possuísse mais uma vez. Ele abrira os olhos, não fizera um único gesto. Fora ela quem o possuíra, fizera-se penetrar ela mesma por ele, enquanto sob seu corpo ele estava morto de dor por ter que deixá-la. E havia sido ali que ela o chamara pelo nome dele, aquele do Oriente, por ela deformado.

Tinham ido à praia uma última vez. Depois, já não sabiam mais o que fazer até a hora da partida.

Ele havia subido outra vez ao quarto para pegar as malas. Ela não quisera voltar ali. Era possível que ele a tivesse chamado nesse momento, com medo de que fosse embora do saguão antes que ele voltasse do quarto.
Ela se lembra do grito que vinha do alto do hotel. Havia mesmo tido vontade de fugir nesse último instante e fora aquele grito que a retivera no saguão.
Ele pergunta se ele chorava. Ela não sabe, não olhava para ele, queria deixá-lo ir.
Depois a hora havia chegado.
– Eu o acompanhei ao seu avião. São os costumes internacionais.
– Quantos anos?
– Vinte.

– Sim.

Ele olha para ela. Diz: Assim como você. Diz:

– Nos primeiros dias, você dormia muito no quarto. Era por causa dele, e eu que não sabia disso e te acordava.

Demoram a voltar a falar. Ela diz:

– Com o nome dele, fiz uma frase. Essa frase se refere a um país de areia, a uma capital de vento.

– Você jamais vai dizê-la.

– Os outros vão dizê-la por mim, mais tarde.

– O que quer dizer a palavra na frase?

– A igualdade dos destinos diante do seu sono, talvez, naquela manhã? diante da praia, diante do mar, diante de mim? Não sei.

Voltam a se calar. Ele pergunta:

– E você ainda assim esperou uma carta em que ele teria dito que voltaria?

– Sim. Não sabia qual o seu nome nem o seu endereço, mas ele sabia o nome do hotel onde estávamos. Avisei ao hotel caso chegasse uma carta com aquela palavra no envelope. Não recebi nada.

– Vocês fizeram de tudo para morrer.

Ela olha para ele, diz:

– Não podíamos fazer diferente. Cheguei mesmo a ir até a sua casa para morrer ainda mais.

Ele lhe pede que diga a palavra. Escuta-a dizê-la, olhos fechados. Pede-lhe que a repita várias vezes, ela repete e ele continua escutando. Chora. Diz que havia sido mesmo ela quem gritara no hotel. Reconhece a voz como se acabasse de escutá-la. Ela não nega. Diz: Como você quiser.

Ele continua de olhos fechados diante do jovem estrangeiro de olhos azuis cabelos pretos. Diz que ele não compreende essa palavra, que pensava que essa palavra não queria dizer nada até esse instante em que acaba de escutá-la como a escutou o jovem estrangeiro de olhos azuis cabelos pretos no quarto do Hôtel des Roches, onde estava com uma mulher.

Agora ela se lembra bem do verão, daquele fim de tarde, daquelas gaiolas de luz bem abertas ao longo do mar e de repente silenciosas diante da beleza das coisas.

Ele lhe pede que não coloque a seda preta sobre o rosto esta noite porque gostaria de olhá-la dormir.

Ele a olha dormindo, ela que foi penetrada pelo jovem estrangeiro de olhos azuis cabelos pretos. Quando a manhã chega, fala de seu próprio sono, gostaria de sonhar com ela, não sonha nunca com uma mulher, não se lembra de nenhum sonho, por mais insípido e pobre, em que uma mulher se tivesse imiscuído.

Os dias são mais curtos, as noites, mais longas, o inverno chega. Nas horas próximas ao raiar do dia, o frio começa a penetrar no quarto, muito pouco ainda, mas todos os dias. Ele foi buscar cobertas na casa fechada.

Hoje há uma tempestade, o barulho do mar está muito perto. É uma maré grande que se lança contra a parede do quarto. Todo o quarto, o tempo, o mar, tudo isso se tornou história.

Ele fala em deixar a França, ir para o estrangeiro, para um país quente. Tem medo do inverno na França. Voltaria no ano seguinte para o verão.

Ela diz que todas as vezes que ele fala em ir embora ela ouve os cachorros da morte na cabeça e pela casa.

Pergunta-lhe: O estrangeiro, para fazer o quê? Ele não sabe, talvez nada, talvez um livro. Talvez encontrar alguém. Ele aguarda como que um último encontro antes de morrer.

Ela dorme. Ele lhe fala enquanto ela dorme.

Ela está deitada perto dele no chão, dorme. Ele diz:

– Não sei nada sobre o que você pensa. Não posso imaginar que você poderia sofrer com o que digo. Não digo nada. Nunca digo a verdade. Não a conheço. Não digo nada para fazer sofrer. É depois, quando você sofre, que tenho medo do que eu disse.

Ele hesita e depois a desperta. Diz:

– Não vale a pena contar as noites que restam. Ainda haverá algumas, sem dúvida, antes da nossa separação.

Ela sabe: mesmo quando for a última noite não valerá a pena salientá-lo, porque será o começo de uma outra história, a da sua separação.

Ele não compreende bem o que ela diz, nunca teve histórias que não fossem muito curtas, sem amanhã. A história do jovem estrangeiro de olhos azuis cabelos pretos é a mais comprida, à medida que o tempo passa, mas por causa dela, que a preserva. Ela acha que ele está enganado, que as histórias também se vivem sem que saibamos. Que já existem no fim do mundo, lá onde os destinos se apagam, onde não são mais sentidas como pessoais – nem mesmo, talvez, humanas. Amores de coletividades, ela diz. Isso seria devido ao alimento e à uniformidade do mundo.

Eles riem. Ver um ao outro rindo os deixa loucos de felicidade.

Ela lhe pede para avisar quando algum dia se puser a amá-la e a saber disso, se vier a acontecer. Depois de rir, eles choram juntos, como todos os dias.

Quando ela vai embora, o sol irrompe, explode dentro do quarto. Quando ela fecha a porta, o quarto é tomado pela escuridão, e ele já ingressa na espera da noite.

Ela chega mais tarde do que o habitual esta noite.

Diz que faz frio, que a cidade está deserta, que o céu está claro, lavado pela tempestade, quase azul. Não diz por que está atrasada. Ficam calados durante muito tempo, deitados um perto do outro. Ela, ainda junto à parede. E ele que outra vez a leva para o centro da atenção, o lugar da luz teatral.

Ela tirou a seda preta.

Fala do outro homem. Diz:

– Eu o vi hoje de manhã no hotel, saindo daqui. Sabia que esta noite ele dormia naquele hotel. Ele tinha dito. Ele me aguardava. A porta estava aberta. Ele estava de pé no fundo do quarto, os olhos fechados, me esperava. Fui eu quem me encaminhei até ele.

Ele deixa o centro de luz amarela, vai para longe dela, na direção da parede. Fica com os olhos abaixados para não vê-la. Nenhum dos dois olha na direção do outro, fingindo instintivamente uma grande indiferença. Ele espera, ela continua a falar:

– Ele me perguntou se algo havia se passado entre você e mim. Eu disse que não, que meu desejo por você continuava aumentando, mas eu não te dizia isso porque você sentia uma grande repugnância diante da ideia desse desejo. De súbito, eu estava em suas mãos. Deixei-o fazer o que ele queria.

Ela disse que o homem gritava, que estava perdido, que suas mãos tinham se tornado muito brutais ao tocar seu corpo. Que o gozo havia sido de perder a vida.

Ela se cala. Ele diz:

– Vou embora.

Ela não responde. Voltou a ocupar seu lugar de adormecida sob a luz. Recolocou a seda preta sobre o rosto. Não pediu desculpas.

Ele fica deitado junto à parede. Não se move. Não se reaproxima. Ela deve pensar: Ele vai me mandar embora para nunca mais. Ele lhe diz que se cubra com os lençóis brancos, não quer ver. Observa-a enquanto ela se cobre. Ela age como se não o visse. Ele lhe pede que olhe para ele. Ela olha.

Ela olha para o quarto através da seda preta, sem fixar os olhos, como alguém olharia o ar, o vento. Fala do outro homem. Diz que foi na praia que havia visto esse homem pela primeira vez, na primeira noite depois de sua chegada, que eles se haviam visto, nada mais. Que em seguida o vira de novo nos arredores da casa. Diz que as pessoas das passagens se reconhecem sem se conhecerem. Ele viera inicialmente para vê-la. E depois, certa noite, abordara-a.

Ele não sabia que ela passava pela praia para vir. Ela diz que não é sempre. Com mais frequência vem pelas ruelas atrás da avenida, mas ainda assim toma a direção da praia ao chegar. Diz: Para vê-la. Diz:

– Hoje à noite há muito pouca gente nas passagens por causa do vento frio, sem dúvida, e dos acontecimentos – não diz quais. Eles riem.

Será que ela sabe o que se passa junto aos montes de pedras de acordo com o tempo que faz, o frio, o vento? Sim. Ela sabe desde a saída da cidade. Conta: Antes de ficar sabendo o que se passa à noite naquele lado da praia, ela não sabia de nada, por assim dizer. Era o que se passava lá, quase toda noite, que fazia com que um dia viesse a escrever. E mesmo que esse conhecimento não aparecesse com clareza na leitura dos livros que escreveria, seria por causa disso que esses livros fariam sentido e deveriam ser lidos.

Ouviu falar das passagens quando era jovem. As garotas da turma falavam dos montes de pedras e das pessoas que iam até lá à noite. Algumas garotas tinham ido para se fazer tocar pelos homens. Muitas não ousavam, tinham medo. As que tinham ido, uma vez voltando nunca mais podiam ser iguais àquelas que não sabiam. Ela também foi até lá, certa noite, tinha treze anos. Ninguém se falava, as coisas se faziam no silêncio. Junto aos montes de pedras havia cabines. Eles se apoiaram nas paredes das cabines, um diante do outro. Foi muito lento, primeiro ele a penetrara com os dedos e depois com o pau. No desejo, ele falava de Deus. Ela se debatera. Ele a segurara entre os braços. Dissera-lhe que não tivesse medo. No dia seguinte, ela se sentira tentada a falar com a mãe sobre sua visita a essas pessoas das passagens. Mas lhe parecera, durante o jantar, que a mãe já não devia ser inocente com relação à filha. A filha não ignorava até ali que sua mãe conhecesse a existência daquele lugar. Na verdade, falava dele, dissera uma vez que era preciso evitar ir àquele lado da praia depois que a noite caía. O que a filha não sabia antes daquela noite era se aquela mulher havia ela também atravessado o Equador até o outro lado. Foi com o olhar da mãe sobre a filha, naquela noite, com o silêncio entre elas, com aquele riso escondido que atravessava o olhar numa inconfessável conivência, que ela soubera. Eram as mesmas no que dizia respeito ao que se passava à noite naquele lugar.

Todas as noites ela leva seu corpo até o quarto, tira suas roupas, coloca-o no meio da luz amarela. Recobre o rosto com a seda preta.

É então, quando ela parece ter adormecido, que ele observa o que o outro homem fez no corpo: com frequência hematomas, mas muito suaves, involuntários. Hoje, o perfume do homem está muito forte, modificado pelo cheiro do suor, do cigarro, da maquiagem. Ele tira a seda preta. O rosto está abatido.

Ele beija os olhos fechados. Não recoloca a seda preta.

Ela se vira para ele, parece que vai olhá-lo mas não, não abre os olhos, vira-se na outra direção.

No meio da noite, ainda longe do dia, durante as passagens das pessoas da praia, ela lhe faz uma pergunta que queria fazer há várias noites.

– Você queria dizer que pagar pelo tempo passado no quarto era pagar pelo tempo perdido. Perdido por uma mulher?

Ele não se lembra bem a princípio, depois recorda.

– Tempo perdido para o homem também, tempo que não servia de mais nada para o homem.

Ela lhe pergunta do que ele está falando. Ele diz:

– Da nossa história, do quarto, assim como você. Ele diz: O quarto não serve para mais nada, tudo está imóvel dentro do quarto.

Deve estar enganado. Não deve jamais ter suposto que poderia servir para algo. Para o que serviria? Ela diz:

– Você disse que o quarto era para obrigar as pessoas a ficarem aqui, junto a você.

Ele diz que é verdade quando se tratava de jovens prostitutos, mas que agora não era o caso.

Ele já não tenta mais compreender. Ela também não tenta. Ela diz:

– Era também para obrigá-los a partir uma vez passado o tempo combinado, a te deixar.

– Talvez. Eu me enganei, não queria nada.

Ela olha para ele por um longo momento, e através do olhar ela o possui, guarda-o em si, fechado, até doer. Ele sabe que isso acontece. E também que não lhe diz respeito. Ela diz:

– Talvez você nunca tenha querido nada.

De súbito, ele está interessado. Pergunta:

– Você acha.

– Acho, nunca.

É um homem que não se dá conta de quem fala, ele ou o outro, de quem responde às perguntas de onde quer que elas venham, mesmo que venham dele.

– É possível. Nunca, nada.

Ele espera, reflete, diz: Talvez o que ocorra seja isso, que eu nunca quero nada, nunca.

De repente ela ri.

– Poderíamos ir embora juntos se você quisesse, eu também não quero nada.

Ele ri como ela, mas numa espécie de incerteza e de medo, como faria se acabasse de escapar a um perigo ou a um acaso feliz que não tivesse pedido e ao qual não pudesse escapar.

É no silêncio que se segue que de repente ela lhe diz. Diz que ele é o seu amante: Você é o meu amante por essa razão que mencionou, o fato de que não quer nada.

Ele faz o gesto brusco de proteger o rosto com a mão. Depois a mão cai. E ambos baixam os olhos. Não se olham, olham talvez para o chão, para o branco dos lençóis. Têm medo de que seus olhos se fitem. Não se mexem. Têm medo de que seus olhos se vejam.

Ela escuta, vem dos montes de pedras e da praia que está diante do quarto. Produziu-se um silêncio incomum. Eles se lembram que um momento antes uma dezena de homens passou perto das paredes. E de repente são os apitos que estouram, gritos, barulho de gente correndo. Ele diz: A polícia, eles têm cachorros.

Ao dizer essa frase, o olhar dele passa sobre ela. Seus olhos se fitam durante um tempo tão breve quanto, por exemplo, o da projeção do brilho do vidro no sol do quarto. Sob o golpe desse olhar, seus olhos se queimaram, eles fogem e se fecham. No coração o barulho se apazigua, passa ao silêncio.

Ela desviou o rosto, voltou a cobri-lo com a seda preta. Ele observa, enquanto isso. Diz:

– Você mentiu sobre o gozo com aquele homem.

Ela não responde: mentiu.

Ele grita, pergunta como era o gozo com aquele homem.

Ela sai do sono, mas continua com os olhos fechados. Repete:

– De perder a vida.

Ele não se mexe mais. Sua respiração para. Ele fechou os olhos para morrer. Ela olha para ele. Chora. Diz:

– Era um gozo sufocante.

A respiração regressa. Ele continua sem dizer nada.
Ela diz:
– Com você é igual.

Ele chora aos soluços. Extrai seu gozo de si mesmo. A pedido dele, ela o observa fazê-lo. Ele chama um homem, diz-lhe que venha, que venha para perto dele neste momento mesmo em que vai gozar com a mera ideia dos seus olhos. Assim como ele, ela chama esse homem, diz-lhe que venha, fica na direção do rosto dele, muito perto de sua boca, dos seus olhos, já no sopro dos seus gritos, dos seus chamados, mas sem tocá-lo em absoluto, como se ao fazê-lo corresse o risco de matá-lo.

Certa noite, ele descobre que ela o olha através da seda preta. Que olha com os olhos fechados. Que olha sem olhar. Ele a desperta, diz-lhe que tem medo dos seus olhos. Ela diz que é da seda preta que ele tem medo, não dos seus olhos. E que além disso ele tem medo de outra coisa. De tudo. Talvez disso.
Volta as costas a ele, vira-se para a parede do mar.
– É como esse ruído através da pedra, dizem que é do mar, mas na verdade é o ruído do nosso sangue.
Ela diz: Às vezes é verdade que eu te olho através

da echarpe preta, mas não é disso que você está falando. O que você quer dizer, eu acho, é que não sabe quando faço isso, porque meu rosto se tornou algo incerto, entre a seda e a morte. Você começa a conhecê-lo, e ele começa a se perder aos seus olhos.

Ela diz: Não é quando tenho os olhos abertos na direção do seu rosto que te vejo como você teme que eu faça, é quando durmo.

Ela ri. Beija-o e ri.

Ele diz:

– Não é ele que você vê à noite em seus sonhos.

O riso cessa. Ela olha para ele como se o tivesse esquecido de novo. Diz:

– É verdade, ainda não é ele. Ainda não é ninguém em especial. As coisas importantes demoram muito para voltar, nos sonhos.

Ela pergunta como são as noites dele. Ele diz que são sempre a mesma coisa, que revira a terra inteira em busca daquele amante. Mas assim como acontece com ela, à noite ele ainda não aparece. Pergunta se ela começou a esquecer. Ela diz:

– Talvez os traços do rosto, mas nem os olhos nem a voz nem o corpo.

E ele, começa a esquecer?

Não. Ele diz: Trata-se de uma imagem fixa que permanecerá aqui até que você vá embora.

Ela está deitada no ouro da luz amarela, diz o ator, reta, os seios para fora do corpo, belos, mármore claro.

Se ela falasse, diz o ator, diria: Se a nossa história fosse representada no teatro, subitamente um ator viria até a beira do rio, até a luz, até muito perto de você e de mim, que estou ao seu lado. Mas só olharia para você. E só falaria para você. Falaria como você teria falado se tivesse que fazê-lo, lentamente e sem fulgor, de certo modo como se lesse literatura. Mas uma literatura da qual seria continuamente distraído pela atenção que deveria empenhar em ignorar a presença da mulher no palco.

A tempestade adormeceu com o vento. O mar está longe, as passagens começaram. Esta noite há alguns cavaleiros.

Desde que ela começou a vir, todas as noites ele sai do quarto, vai até o terraço, observa. Às vezes, desce até a praia.

Fica até as passagens desaparecerem.

Quando volta, ela não dorme. Ele lhe dá notícias. O vento diminuiu e hoje à noite alguns cavaleiros passaram ao longo do mar. Ela conhece os cavaleiros. Prefere a eles os homens das filas indianas, que vão até ali com uma razão para fazer algo tão inevitável quando o seu destino. Os cavaleiros não fazem parte das passagens.

Começam a chorar. Soluços saem de seus corpos. Mais parece que beberam. Ela está perto dele, quase junto à sua pele. Sentem uma felicidade que ainda não conheciam. A de estar juntos diante da tempestade imóvel. E de rir de chorar também. Ele queria que ela chorasse como ele próprio chora. Queria que os soluços saíssem de seus corpos sem que eles soubessem por quê. Ele chora enquanto lhe pede isso. Mais parece que bebeu. Ela chora, por sua vez, e ri com ele do seu pedido. Ele descobre que não chorou o suficiente na vida, até ali. Foi necessário que se encontrassem para que isso fosse possível.

Ela diz que eles não são mais tão desconhecidos um do outro agora que ele falou do choro. Deita-se.

Eles choram do modo como se amariam. Ele diz que isso ajuda a suportar sua presença neste quarto, esta ideia, a de uma mulher que espera um homem da cidade.

> Durante o espetáculo, diria o ator, uma vez, a luz lentamente diminuiria e a leitura cessaria.

Os atores deixariam o centro do palco e voltariam para o fundo, onde estariam as mesas, as cadeiras, as poltronas, as flores, os cigarros, as garrafas d'água. Primeiro ficariam ali sem fazer nada, fechariam os olhos, a cabeça apoiada no encosto da poltrona, ou fumariam, ou fariam exercícios respiratórios, ou beberiam um copo d'água.

Depois de ter coberto o corpo com uma roupa, os dois protagonistas ficariam imóveis e silenciosos, assim como os atores.

Uma imobilidade total tomaria muito depressa conta deles e do palco, que ficaria azul – esse azul leitoso da fumaça do cigarro na penumbra. Seria um descanso, uma retomada de forças através do mergulho no silêncio. A ideia seria a de que ainda se poderia ouvir a história, mesmo que ela tivesse deixado de ser lida. É pela extensão desse silêncio que seria preciso medir a força da leitura que acaba de ser realizada tanto em seu enunciado quanto em sua escuta.

Durante cinco minutos o palco ficaria imobilizado no sono, seria ocupado por pessoas adormecidas. E o próprio sono é que ia se tornar o espetáculo. Uma música surgiria, uma música clássica, que seria reconhecida por já ter sido ouvida no espetáculo e antes também, na vida. Seria distante, não incomodaria o silêncio, ao contrário.

O retorno à performance aconteceria a partir do aumento da luz, do fim da música. Os atores seriam os últimos a regressar, seriam lentos ao fazê-lo.

No terraço. Não faz frio.

O céu está coberto por uma bruma espessa. Está mais claro do que a areia, do que o mar. O mar ainda está no escuro, está muito próximo. Lambe a areia, engole, é suave, fluvial.

Ele não o viu chegar.

É um barco de lazer, branco. Seu convés está iluminado e vazio. O mar está tão calmo, as velas estão dobradas, o ruído do motor em marcha lenta é muito brando, com a suavidade de um sonho. Ele caminha pela praia, segue na direção do barco. Notou-o de repente, como que saído da escuridão, só o viu quando estava diante dele.

É a única pessoa na praia. Ninguém mais vê o barco.

O barco faz uma curva e passa ao longo de seu corpo, é como uma carícia infinita, um adeus. Demora até que o barco regresse ao canal. Ele volta ao terraço para melhor segui-lo com os olhos. Não se pergunta o que aquele barco faz ali. Chora. Depois que o barco se vai, continua ali, chorando o luto.

O jovem estrangeiro de olhos azuis cabelos pretos foi embora para sempre.

Passa-se muito tempo até ele voltar ao quarto. Gostaria, subitamente, de jamais voltar a lugar algum. Descansa o corpo contra a parede exterior da casa, agarrado às pedras, acreditando ser possível que jamais volte a entrar em lugar algum. Volta a entrar.

Assim que ele passa pela porta, aquele perfume do outro homem.

Ela está ali, em sua própria penumbra, mergulhada naquele odor, privada de amantes por ele.

Ele se deita ao seu lado, subitamente exausto, e depois não se move mais. Ela não estava dormindo. Segura sua mão. Mal devia ter começado a esperá-lo, mas já sofria, não solta a mão. Ele permite. Faz alguns dias que sua mão já não se retira quando ela a segura. Ela diz que achava que ele estava no terraço, que não tinha se afastado da casa como na outra noite. Diz que essa noite não o teria procurado, teria deixado que fosse embora, teria até mesmo deixado que morresse, não diz por quê. Ele não tenta compreender o que ela diz, não responde. Fica acordado por muito tempo. Ela o vê dando voltas no quarto, ele tenta fugir, morrer. Esqueceu-a. Ela sabe disso. Quando ela vai embora do quarto, ele está adormecido diretamente sobre o chão.

Se ela falasse, diz o ator, diria: Se nossa história fosse interpretada no teatro, um ator iria até a beirada do palco, a beirada do rio de luz, muito perto de você e de mim, estaria vestido de branco, estaria numa concentração muito grande da sua atenção, interessado em si mesmo ao mais alto grau, estendido para a sala como que para si mesmo. Ia se apresentar como o homem da história, o homem, diríamos, em sua ausência central, sua exterioridade irreversível. Olharia, como você tem tendência a fazer, para o exterior das paredes, como se fosse possível, na direção da traição.

Ele está no terraço. O dia mal começa.
À beira-mar, as passagens.
Ele não lhe falou do barco branco.
As pessoas das passagens gritam palavras breves com voz aguda, essas palavras são repetidas por alguns e depois abandonadas, avisos sem dúvida, injunções de prudência. A polícia faz rondas.
Depois dos gritos só o que resta é o rumor da noite.

Ele volta ao quarto. Ela estava ali, atrás da espessura das paredes. Ele quase esquece sua existência a cada vez que regressa do mar.

Ao longe, no sono, ela deve ter ouvido abrirem a porta, o rumor entrando. Deve agora ouvir que a fecham muito suavemente, em seguida que andam, o barulho de passos no chão, e que alguém se senta junto à parede, ela deve perceber isso também. Resta somente a respiração levemente acelerada que se segue ao esforço. Depois, nada além desse mesmo rumor da noite abafado pelas paredes.

Talvez ela não durma. Ele não quer acordá-la, impede-se de fazê-lo, olha para ela. O rosto está abrigado, debaixo da seda preta. Só o corpo nu está na luz amarela, mártir.

Às vezes, por volta desse horário, com a chegada do dia, o infortúnio acontece. Ele a descobre sob a luz amarela e quer bater no corpo que dorme um sono falso, que descobre como fazer para desobedecer, roubar dinheiro.

Aproxima-se dela, olha o lugar da frase que faria com que ele a matasse, ali, logo abaixo do pescoço, na malha do coração.

A frase teria a ver com o barco, fosse qual fosse o sentido seria o de chamar a morte.

Ele se deita perto dela. A seda preta caiu sobre o ombro. Os olhos se abrem, os olhos voltam a se fechar, ela adormece de novo. Os olhos se abrem, cegos, durante um longo instante, mas para nada, para se fechar de novo e retomar a viagem rumo à morte.

E depois, no fim da noite, os olhos ficaram abertos.

Ela não diz a frase que ele espera para matá-la. Veste-se, escuta. Pergunta: Isso que estamos ouvindo, o que é?

Ele diz que é o barulho do mar e o do vento que colidem, que são ecos de coisas humanas jamais ouvidas até então, risos, gritos, chamados que teriam sido jogados de uma borda à outra do tempo, quando não se sabia nada, e que esta noite alcançariam a praia que está ali, diante do quarto.

Essa história não lhe interessa. Ela volta a dormir.

Está claro que não viu o barco. Não ouviu seu barulho. Nada sabe acerca do barco, simplesmente porque dormia quando ele passou. Tanta inocência faz com que ele tome sua mão e a beije.

Ela ignora ter-se transformado naquela que nada sabe a respeito do barco. No entanto, é advertida sobre a irrupção do barco em suas vidas. Por exemplo, ele não olha para ela quando beija sua mão.

Esta noite, ela vai adormecer assim que chegar.

Ele não vai desfazer seu sono, vai deixá-la em paz. Não vai lhe perguntar se ela voltou a ver o homem da cidade, sabe que voltou a vê-lo. É sempre devido a certas provas, ao aspecto recente de certos hematomas em seus seios, em seus braços, que ele sabe; ao envelhecimento do seu rosto, ao seu sono sem sonhos, à sua palidez. A esse cansaço intransponível no fim da noite, a essa desolação, a essa tristeza sexual que faz com que os olhos pareçam ter visto tudo do mundo.

Ele deixou a porta aberta. Ela dormia, ele se foi, atravessou a cidade, as praias, o porto dos iates para o lado das pedras.

Regressa no meio da noite.

Ela está ali, junto à parede, vestida, está longe da luz amarela, pronta para ir embora. Chora. Não consegue parar de chorar. Diz: Procurei por você na cidade.

Ela teve medo. Viu-o morto. Não quer mais vir até o quarto.

Ele vai para junto dela, espera. Deixa que ela chore como se não fosse ele o motivo do seu choro.

Ela diz: Mesmo dessas tristezas, desses amores que você diz te matarem, você não sabe nada. Ela diz: Saber algo de você é não saber nada em absoluto. Até de si mesmo você não sabe nada, nem sequer se tem sono ou se tem frio.

Ele diz: É verdade, não sei nada.

Ela repete: Não sabe. Saber como você sabe é sair para a cidade e sempre acreditar que vamos voltar. É matar e esquecer.

Ele diz: É verdade quanto a matar.

Ele diz: Agora eu tolero a sua presença no quarto mesmo quando você chora. Grita.

Ficam ali, calados por um longo momento enquanto o dia vem e, com ele, o frio penetrante. Recobrem-se com os lençóis brancos.

Ela lhe diz que aquele outro homem também a questiona sobre o quarto. Ela diz: Quanto a mim, de minha parte faço o mesmo, pergunto a ele de onde vem o fato de você saber tão pouco sobre si mesmo. De ignorar a esse ponto o que faz e por que faz. Por que me colocou neste quarto. Por que quer me matar já que tem tanto medo dessa ideia. Ele me disse que não era nada, que todo mundo era mais ou menos como você. Que a única coisa grave era eu diante de você.

Ela lhe dissera que também podia desejar esses homens, que tinha menos desejo por eles do que pelos outros homens, mas que talvez o amor fosse mais só, mais puro, mais ao abrigo dos outros desejos, dos erros dos encontros. Que essa infelicidade de ser repulsiva se tornava plausível em certas circunstâncias da vida, justamente as da paixão pela qual ela havia sido levada neste verão.

A cólera acabou. Suas mãos sobem até o rosto dele e o acariciam. Ela recolocou a seda preta da paz. Diz:

– Se você não tivesse voltado, eu teria ido de novo com as pessoas dos montes de pedras, à noite, para estar com eles, ir sem saber, voltar da mesma maneira. Olhar enquanto eles colocam o pau na mão da menina e chorar de olhos fechados.

Ela diz:

– Nada pode vir de fora de você e de mim para nos ensinar.

– Nenhum conhecimento, nenhuma ignorância?

– Não. Há pessoas assim, fechadas, que não podem aprender com ninguém. Nós, por exemplo, não podemos aprender o que quer que seja, nem eu com você nem você comigo, nem com ninguém mais, ou nada, nem com os acontecimentos. Mulas.

Seja qual for o número de séculos que recobrirá o esquecimento de suas existências, essa ignorância terá existido como aqui, neste momento, nesta data, nesta luz fria. Eles o descobrem, estão encantados.

E também que em mil anos terão se passado mil anos desde quando o dia de hoje existiu, dia após dia. Que essa ignorância da terra inteira do que eles haveriam de dizer hoje será datada. Sem palavras, sem tinta para escrever, sem livro para ler, datada. Estão encantados ainda assim.

Ela diz: Desse modo, tudo o que existe está aqui, no quarto. Ela indica com a mão estendida o revestimento do piso, os lençóis, a luz, os corpos.

Ela dorme um sono de juventude, obstinado e régio. Tornou-se aquela que não sabe que o barco passou.
Ele pensa: Como se fosse minha filha.
Às vezes ele remove a seda preta de cima do rosto. O corpo mal se mexe, sabendo que ele o faz, mas não chegando a afastar o sono.

Sobre o rosto, o respingo já quase desaparecido das sardas do verão. Ele olha. Olha bem, como todas as noites. Às vezes fecha os olhos para afastar a imagem, fixá-la na fotografia de férias com outros que não ele. Mas sem dúvida já é tarde demais para isolá-la da sua vida ao lado dele.

Sozinha no quarto, os despojos leves e longos dos lençóis brancos. Separada deles, a forma da estrangeira sentada sobre o chão, a cabeça pousada nos braços dobrados. Os braços tapando os olhos. Perto dela, a forma dele, deitado, longe dos lençóis, longe dela. Até raiar o dia ficam assim, entre os choros, o sono, os risos e outra vez os choros, a vida, a morte.

Ela diz: Essa dificuldade que você tem, ela sempre existiu na minha vida, inscrita no mais profundo do meu gozo com os outros homens.

Ele pergunta ao que ela se refere. Ela se refere a essa impossibilidade, a essa repugnância que inspira a ele. Diz que essa repugnância por si mesma ela compartilha com ele. E em seguida que não, que não é a repugnância. Não, a repugnância foi inventada.

Ela acha que é o evento que ocorreu neste quarto como teria ocorrido em outro lugar, esse acontecimento universal que eles não têm como conhecer, que jamais conhecerão, que estaria oculto por semelhanças com outras coisas, mas tão de perto que ninguém conseguiria isolar com certeza sua existência enquanto dado comum ao homem.

Todos os homens? ele pergunta.

Todos. Ela acrescenta: Você tem razão.

Ele se deitou na poça de lençóis brancos no centro do quarto. Ela olha para ele, por sua vez. Chama-o. Eles choram. A calma regressa ao mar, ao quarto. Ela diz que o ama para lá dele mesmo, que ele não deve ter medo.

Ele lhe pergunta se ela voltou a ver o homem da cidade.

Ela voltou a vê-lo.

É um homem que vai a esses bares que abrem no fim da tarde, eles não têm janelas, as portas estão fechadas, é preciso bater para entrar. É o que ela sabe desse homem, que ele deve ser rico e também já não trabalha. Vão para o quarto que fica no andar de cima, o que é reservado aos homens entre eles.

Às vezes ela também vai a um quarto alugado por ele num hotel. Fica ali até o anoitecer e regressa uma vez a noite tendo passado. Informa-o de que deixou o hotel onde mora normalmente durante o verão, que eram lugares demais. Diz:

– Afinal, eu estava enganada.

Ele não ri.

Ela tirou a seda preta. Eles olham para o seu corpo. Ela esqueceu que se trata de si mesma, olha do modo como ele o faz.

Ele pergunta sobre o outro homem.

Ela diz que ele também bate. Olham para os lugares do seu corpo onde aquele outro homem bateu. Ela diz que ele a ama e que a insulta com as mesmas palavras, que com frequência é assim com os homens, que ela pede isso a eles. Mas que não é sempre que isso ocorre com tamanha semelhança. Ela diz: Entre você e ele. Ele lhe pede que repita os insultos. Ela o faz. Sua voz gostaria de ser neutra, objetiva. Ele pergunta o que mais ele diz. Ela repete:

– Ele diz que nada se compara. Nos detalhes e de modo geral.

Ele pergunta do que ele está falando. Ela diz: Da coisa interior. É o que ele crê, crê falar disso. Ele, esse homem da cidade, chama essa coisa interior de lugar do gozo. Penetra com muita habilidade e loucura, adora gozar. Amar, ele também ama a loucura, do mesmo modo. É possível que experimente por ela um certo sentimento, fácil e sem amanhã, mas não o confunde com o desejo de seu corpo. Jamais lhe fala a respeito. Em vez disso, diz que sempre teme por sua beleza nesse quarto sem sol sobre o qual ela fala, que ela perca ali o azul fabuloso, ele diz, dos seus olhos, a suavidade da sua pele. Ela diz que ele às vezes bate por causa desse homem que a aguarda no quarto. Mas que é por vontade de gozar que ele bate, desejo de matar, como é natural. Ela sabe que ele vai aos montes de pedras. Diz que ele gravita neste momento em torno da história dela, que vai aos montes de pedras buscar meninas que segurem seu pau nas mãos. Ela diz: Vai, assim, carregar-se de dor para me possuir à noite no quarto de hotel.

Ela diz que gostaria que ele falasse, por sua vez, das coisas que lhe acontecem. Ele diz que nada lhe acontece. Nunca. Que ideia. Ela diz que dá no mesmo. Ele não responde, não sabe responder.

Esse homem diz que o que faz gozar é a cabeça, extraordinária, que sem ela o corpo não sabe.

Ela lhe diz que oferece tudo o que acaba de contar para que ele faça o que quiser à noite, quando estiver sozinho.

Diz que os insultos que esse homem usa diante de certas mulheres são como que oriundos de uma cultura enraizada.

Ele pergunta o que ela prefere, não diz entre o que e o quê. Ela diz:

– A repetição do insulto no instante preciso em que foi proferido pela primeira vez, quando a brutalidade aparece sem que se saiba ainda o que ela será.

Ela acende as luzes do quarto. E se deita por conta própria no centro da luz, nos lençóis que arrastou para lá. Deita-se, cobre o rosto. Primeiro se cala. Depois fala. Diz:
– Não sabemos de nada, nem você nem eu. O que sabemos é que essa diferença, esse impedimento que você sente com relação a mim está aqui para esconder algo que diz respeito à vida.

Certa noite, na beira do palco, do rio, diria o ator, ela diria: Poderia se produzir uma espécie de troca da equipe dos atores, como acontece com os funcionários dos cassinos, dos submarinos, das fábricas. Esse deslizar dos atores ia se dar num movimento silencioso, sutil. Seria como se os novos atores tivessem chegado à tarde, jamais teriam sido vistos e todos se pareceriam com esse homem, o protagonista.

Viriam até ela, até seu corpo deitado entre os lençóis, como está agora, com o rosto oculto sob a seda preta. E quanto a ela, ela o teria perdido, não o reconheceria mais nesses novos atores e ficaria desesperada. Diria:

Vocês se aproximam muito de uma ideia geral do homem, é por isso que são inesquecíveis, é por isso que me fazem chorar.

Ele dorme.
Faz alguns dias que se deixa levar pelo sono mais facilmente. A desconfiança está menor. Nos primeiros dias, com frequência ia dormir na casa fechada. Agora, ao voltar do terraço, acontece-lhe dormir diante dela, não gritar quando ela se aproxima dele.

Acorda. Diz, como que para se desculpar:

– Estou cansado, como se estivesse morrendo.

Ela diz que não é nada, que é viver à noite que cansa, que ele precisaria cedo ou tarde reencontrar a luz do dia, diminuir as horas da noite.

Ele olha para ela, diz:

– Você não está usando a echarpe preta.

Não, ela não a coloca para observá-lo enquanto ele dorme.

Ela se deita perto dele. Ambos despertaram. Nada se toca, nem mesmo os dedos. Ele lhe pede que diga como era o pau do homem dos montes de pedras. Ela diz que parecia um objeto do princípio do mundo, grosseiro e feio, que estava petrificado no estado do desejo, sempre inchado e duro, penoso como uma chaga. Ele pergunta se a lembrança é dolorosa. Ela diz que era feita de uma dor muito viva, mas obscurecida pelo gozo trazido por ela em seu fluxo, transformada em gozo por sua vez. Mas separada e diferente.

Ele espera que ela durma. Aproxima seu corpo do dela, coloca-o de encontro ao seu. Fica ali. Ela abre os olhos pelo tempo de reconhecê-lo e volta a dormir. Sabe que com frequência ele a observa, à noite, para se habituar. Sobretudo quando ela volta depois de ter visto aquele homem da cidade, quando ela dorme um sono exausto.
O corpo dela contra o seu é cálido. Ele permanece junto a ela, seu corpo tocando o dela, imóvel, em sua dádiva. O calor se torna comum, a pele, a vida interior.

É um homem que não pergunta por que, esta noite, pode tolerar esse corpo tão perto do seu. Que não pergunta jamais o porquê do seu estado, que aguarda os acontecimentos, que aguarda dormir, que aguarda do mesmo modo a noite, o dia, o prazer. Que de súbito está sobre ela sem talvez tê-lo decidido, distraído de si mesmo, fora de suas paredes.
Ele vai se virar. Vai cobrir o corpo dela com o seu, trazê-lo para junto de si, alinhado com o seu, e lentamente vai se afundar no limo quente do centro.

Ali ele fica sem se mexer. Vai aguardar seu destino, a vontade do seu corpo. Vai aguardar pelo tempo que for necessário.

Assim que pensa nisso a ideia se declara, brutal, num grito de agonia. Cessa. No lento desabar do seu corpo junto ao dela, o grito se inscreve, muito breve, detido na raiva, a garganta cortada pela raiva.

Ficará ali. Depois vai se voltar em definitivo à parede. Dirá mais insultos. Não vai chorar.

Ela permanece sob a luz amarela, não olha para ele, esqueceu-o. Ficam calados por muito tempo.

Ele diz que cabe a ela dizer por que não é possível.

Ela já não sabe como é possível. Diz que já não tem desejo por homem algum, que ele a deixe.

Ele diz: É talvez este lugar, este quarto que ela lhe roubou.

Não, não é o quarto, ela não acredita nisso. É Deus, ela acha. Aquele que cria os campos de concentração, as guerras. Ela diz: É preciso deixar para lá.

Ela o chama, chora.

Ela se levanta. Anda pelo quarto.

Diz que é talvez o mar que não os deixa, que está sempre ali com seu ruído, tão perto às vezes que dá vontade de fugir, que é essa luz descolorida, funesta, essa lentidão do dia ganhando o céu, esse atraso deles diante do resto do mundo com esse amor.

Ela olha ao seu redor no quarto, põe-se a chorar. Por causa desse amor, diz. Detém-se outra vez. Diz que é terrível viver como eles vivem. Dirige-se a ele, de repente, grita que não se pode ler nada na casa, que não há nem mesmo isso, algo para ler, que ele jogou tudo fora, os livros, as revistas, os jornais, que não há mais nem televisão ou rádio, que não se sabe o que se passa no mundo, nem mesmo bem perto dali, que não se sabe mais. Que para viver como eles vivem é melhor morrer. Ela para outra vez diante dele, olha-o, chora, repete: Por causa desse amor que levou tudo e que é impossível.

Para. Ele escutou. Não ri. Pergunta:

– Do que você está falando?

Ela está confusa, diz:

– Falei sem pensar, estou muito cansada.

Ela diz: Jamais me fiz essa pergunta.

Ele se pôs de pé. Levanta-a em sua direção. Beija sua boca. O desejo, em sua derrota, louco, deixa-os trêmulos.

Separam-se. Ele diz:

– Eu não sabia até agora.

Ficam de pé no quarto, os olhos fechados, sem palavras.

A certa hora da noite já não há mais nenhum barulho em torno da casa. Com a maré baixa a essa distância do quarto, ouve-se apenas o bater espaçado da ressaca, sem qualquer eco. Nessas trevas não há mais o latido dos cachorros nem o chocalhar dos caminhões. É depois das últimas passagens das pessoas, quando o dia se aproxima, que as horas se esvaziam de toda substância até se tornarem espaços nus, areias de pura transitoriedade. A lembrança do beijo é então muito forte, queima o sangue deles, faz com que não falem, com que não consigam.

É a essa hora da noite que habitualmente ela se move. Hoje não, teme sem dúvida a proximidade do dia e a calma que o acompanha.

O beijo se tornou gozo. Aconteceu. Debochou da morte, do horror dessa ideia. Não se fez seguir por nenhum outro. Ocupa por completo o desejo, é a um tempo seu deserto e sua imensidão, seu espírito e seu corpo.

Ela está na poça branca dos lençóis ao alcance da mão, o rosto descoberto. Um beijo deixa seus corpos mais próximos do que a nudez, do que o quarto.

Pronto, ela acorda. Diz:

– Você estava aqui.

Olha ao redor dele, o quarto, a porta, seu rosto, seu corpo.

Pergunta-lhe se esta noite ele voltou a pensar em matá-la. Ele diz:

– A ideia me ocorreu outra vez, mas assim como a de amar.

Eles não vão falar do beijo.

Ela está em seu primeiro sono.

Ele sai, vai no sentido inverso dos montes de pedras, ao longo dos grandes hotéis que margeiam a praia.

Nunca voltou ali. Com medo sem dúvida de ser reconhecido por testemunhas como sendo o verdadeiro autor de um escândalo – acredita nisso agora – que acontecera ali naquela noite de verão. Reencontra o lugar onde estava, perto da janela aberta diante do jovem estrangeiro de olhos azuis cabelos pretos. O saguão está fechado por todos os lados. Os móveis são ingleses. Poltronas, mesas de mogno escuro. Há muitas flores abrigadas nessa calma, protegidas do barulho e do vento. Ele pode imaginar o odor dessas flores trancadas, o de um calor solar agora arrancado do frio.

Por trás dos vidros das janelas, no mesmo silêncio, o céu em movimento, o mar.

Ele a deseja, a ela, a mulher daquele café à beira-mar. Não a beijou mais desde a outra noite. Aquele beijo de suas bocas se espalhou por todo seu corpo. Está inteiramente preso dentro dele, com um segredo inteiro, uma felicidade que é preciso sacrificar por medo, por medo de que tenha um futuro. É a ideia desse beijo que o conduz à de sua morte. Poderia abrir o saguão e morrer lá de um jeito qualquer, ou dormir ali em seu calor de estufa.

Quando ele volta para casa, ela está ali, em seu lugar, deitada.

Olha para ele sem vê-lo, os olhos vazios. Está tomada por uma cólera que ele não conhece, surda, cruel. Diz:

– Você queria dispor da ideia de Deus como se fosse uma mercadoria, dispersá-la por toda parte, lamuriosa e velha, como se Deus tivesse necessidade dos seus serviços.

Ele não responde. É um homem que não responde.

Ela continua: Quando você chora, faz isso por não conseguir impor Deus. Por não poder roubar Deus e distribui-lo.

A cólera desaparece, a mentira. Ela se deita, volta a cobrir o corpo com os lençóis e o rosto com a seda preta. Chora sob a seda preta. Diz, chorando:

– É verdade, você também nunca fala de Deus. – Ela diz: – Deus é essa lei, a de sempre e de toda parte, não vale a pena ir buscá-lo à noite rumando para os lados do mar.

Ela chora. Trata-se de um estado da dor profunda e abatida, que não faz sofrer, que é chorada mais do que pronunciada, que pode caminhar junto a uma certa felicidade. E que ele sabe que jamais poderá mencionar.

Ela o acorda.

Diz que está enlouquecendo.

Diz: Você dormia, tudo estava calmo. Olhei para o seu rosto e o que se passava ali enquanto você dormia. Vi que você ia de horror em horror ao longo da noite.

Ela fala com os olhos voltados para a parede. Não se dirige a ele. Perto dele, ela está fora de sua presença. Diz: De repente, no tecido do universo, no lugar dessa pequena extensão do seu rosto, produziu-se uma súbita fraqueza da trama, mas quase nada, uma unha que mal ficava presa num fio de seda. Ela diz que sua loucura vem talvez do fato de que na outra noite, enquanto ele dormia, ela percebera – ao mesmo tempo que notava a diferença de destino entre esse rosto e o todo do universo – a identidade da sina que lhes estava reservada: que eram levados juntos e esmagados do mesmo jeito pelo movimento do tempo, até que a trama lisa do universo fosse obtida outra vez.

Mas sem dúvida ela se engana, já não sabe mais do que fala quando fala dele, desse sentimento que tem por ele. O que sabe com certeza é que é preciso prestar atenção durante as horas que antecedem o nascer do sol, depois das últimas passagens, quando a noite está escura.

Ainda noite alta, ela acorda, diz que esqueceu de lhe dizer, conta-lhe: Conhece bem a costa por tê-la visto a vida toda, também conhecia este quarto, havia-o visto, era uma casa fechada com uma janela quebrada. Dizia-se que outrora houvera mulheres nesta casa, que no verão elas ficavam no terraço com as crianças. Mas ela jamais vira as mulheres e as crianças, até onde alcança a memória já não havia ninguém nesta casa. Um dia, então, um dia houve uma luz. Faz tempo que ela queria lhe dizer isso, tinha esquecido.

Ele lhe pergunta se era ela quem batia à porta em certas noites.

Talvez sim. Às vezes ela fazia isso em certas casas, mas quando havia luz e quando sabia que eram habitadas por homens sozinhos.

Tinha sido ela, numa noite desse verão, a bater nessa porta de casa? Ele não havia ido abrir. Não abre quando não está esperando ninguém. Desliga o telefone e não abre a porta. Seria possível que ela tivesse vindo nesse verão? Ela não se lembra exatamente de ter vindo, agora que o conhece parece que deve ter feito isso. Não faz sentido, teria sido necessário que ela visse alguma luz através das janelas, mas que sem luz alguma talvez também tivesse feito isso algumas vezes.

Ele diz que às vezes, quando não espera ninguém, deixa a noite entrar na casa, não a acende. Isso a fim de saber o que pode acontecer numa casa vazia. Ela diz: Eu, justamente.

Ela abre os olhos, volta a fechá-los, diz: Como dormimos tarde.

Com a mão ela acaricia seu rosto, em seguida a mão volta a cair, cheia de sono. Seus olhos se fecham.

Ela diz:

– Naquela noite, eu estava com aquele homem. Encontrei-me com ele no quarto acima do bar.

Pedi-lhe que fizesse comigo como nós teríamos feito se a morte não tivesse tomado nossos espíritos.

No quarto, ele se aproximou. Deita-se perto dela. Ela treme, fala com dificuldade. A cada vez que para de falar ela chora. Diz:

– Pedi àquele homem que me deixasse dormir perto dele durante um momento bastante longo. Pedi que fizesse certas coisas comigo, mas que começasse a fazê-las somente durante meu sono, suavemente, suavemente.

Ela repete:

– Pedi-lhe que me dissesse as palavras e que fizesse as coisas que eu lhe diria, mas que as dissesse e fizesse muito suavemente, muito devagar, de tal modo que eu não saísse do sono. Disse-lhe quais coisas, quais palavras.

Disse-lhe também que não se preocupasse em saber se, apesar da minha preocupação em não despertar, eu saía do sono. Porque nesse caso a privação seria tão lenta a se declarar que teria sido como uma interminável e maravilhosa agonia.

Ele fez o que eu lhe pedia. Lentamente, demoradamente. Em seguida, de repente ouvi sua voz, me lembrei, sua mão queimou minha pele. No início quase nada, de modo espaçado, depois, continuamente, sua mão deixou meu corpo em chamas.

Ele disse que minhas pálpebras tremiam como se meus olhos quisessem se abrir sem ter força. E que da profundidade do meu ventre saíra uma água espessa e opaca, quente como o sangue. Que foi quando minhas pernas se separaram para deixá-lo vir para dentro dessa profundidade que acordei. Que a penetração até o fundo da profundidade, ele a havia feito muito lentamente, para chegar a consegui-la sem falhar. Que ele gritava de medo. Que havia esperado muito tempo no fundo da profundidade até que a urgência se acalmasse. Ela diz:

– Eu não quis esperar tanto tempo quanto ele desejava. Pedi-lhe que fosse depressa e com força. Paramos de falar. O gozo chegou do céu, nós o tomamos, ele nos suprimiu, levou-nos para sempre e depois desapareceu.

No quarto, os corpos voltaram a cair na brancura dos lençóis. Os olhos fechados ficaram selados no rosto.

E depois se abriram.

E depois se fecharam de novo.

Tudo estava feito. Ao redor deles, o quarto destruído.

Ficaram assim, de olhos fechados, por muito tempo, aterrorizados.

Primeiro se mantiveram afastados um do outro, e depois suas mãos se encontraram no naufrágio, ainda trêmulas, e ficaram juntas enquanto durou o sono.

Ao acordar, mais uma vez ambos aos soluços, o olhar voltado para a parede, a vergonha.

Por muito tempo tinham ficado separados um do outro, chorando. E então, sem chorar nem se mover, tinham ficado ali, também por muito tempo.

E então ela lhe perguntara se aquela penumbra era o dia que chegava. Ele dissera que era sem dúvida o dia, mas que àquela época do ano ele demorava tanto a chegar que não se podia ter certeza.

Ela lhe pergunta se é a última noite.
Ele diz que sim, que é possível que seja a última, não sabe. Recorda-lhe de que jamais sabe de nada.

Ele vai para o terraço. O dia está muito escuro.
Fica ali, olha. Chora.

Quando volta para o quarto, ela está sentada, vestida, aguarda. Eles se olham. Desejam-se.

Ela lhe diz que tem medo de ser morta como uma mulher num hotel de estação após a noite da separação. Ele lhe diz que ela não deve temer mais nada. Ela acha que a ideia lhe ocorreu quando ele fora para o terraço. Ele confirma. Diz: O tempo de um clarão, um nada.

Ela chora. Diz que é a emoção de saber dessa necessidade que ele teve o tempo todo durante a história deles, de lembrar que se dependesse só da vontade dele o corpo dela teria podido parar para sempre de viver ao lado do seu no quarto.
Ele diz que a cada noite essa ideia de fato lhe ocorrera, misturada ao horror do mar, à sua inacessível beleza.

Ele lhe fala do barco.
Diz que viu passar um barco de lazer ali, muito perto, a cem metros da beira-mar. O convés estava vazio. O mar era como um lago, o barco avançava sobre um lago. Uma espécie de iate. Branco. Ela pergunta quando. Ele já não sabe, há várias noites.
Ela nunca viu barcos nessa praia. Mas por que não. Pessoas perdidas, sem dúvida, na bruma – sempre há, no alto-mar, nesta estação – e que vão rumo às luzes dos grandes hotéis dos balneários.

Ele ficou na praia até o barco desaparecer no canal. O barulho lento do motor penetrara seu coração de um modo que ele ainda não conhecia. Acha que seu desejo pelo jovem estrangeiro de olhos azuis cabelos pretos tinha brotado nele uma última vez nesse momento, enquanto o barco se afastava da praia. Ele deve ter caído na areia quando o barco desapareceu.

Ao acordar, bem depois do desaparecimento do barco, uma ondulação do mar tinha chegado até a parede da casa, voltara a cair aos seus pés como que para evitá-lo, bordejada de branco, viva, qual uma escritura. Ele a tomara como uma resposta que lhe haviam enviado do barco. A de não mais esperar pelo jovem estrangeiro de olhos azuis, que ele jamais voltaria às praias da França.

Foi nesse momento do mar fluvial que ele teve vontade de amar. De amar com um desejo louco, como no único beijo que eles haviam dado. E que a lembrança da sua pele, dos seus olhos, dos seus seios, da totalidade das coisas do seu corpo, do seu perfume e de suas mãos regressara.

Ele permaneceu nesse estado de desejá-la por vários dias, várias noites.

E então esse amor retornara – como a lembrança do beijo –, esse amor que havia sido o sangue de sua vida, que lhe metera medo naquela noite de verão quando eles se encontraram no café à beira-mar.

Ela diz que era esse amor, o amor chorado por ambos naquela noite, a verdadeira fidelidade de um ao outro, isso para lá da história presente e das histórias futuras em suas vidas.

Ele diz que um único e mesmo jovem estrangeiro era a causa do desespero deles naquela noite à beira-mar.

Ela se lembra de que ele com frequência falou de um jovem estrangeiro de olhos azuis cabelos pretos, mas que ela jamais pensara se tratar daquele que tinha amado.

Ela se lembra melhor das tristezas mortais de que ele falava, as que o visitavam todo verão até aniquilá-lo, as que eram abstratas e jamais sem qualquer consequência.

Ele diz que sempre mistura as histórias na memória, mas que por razão do encontro deles no café a lembrança do jovem estrangeiro lhe parecera ter sido preservada do erro.

Ela diz que não, que é impossível para eles saber o que se passara, que eles eram testemunhas que se esqueceram de olhar, como nos crimes.

A única prova teria sido que ele a reconhecesse como sendo a mulher do saguão. E nesse caso eles não teriam se conhecido naquela noite, naquele café à beira-mar.

Ele foi tomar uma bebida alcoólica na casa fechada. Faz isso algumas vezes e para ela tanto faz. Ele gostaria de ter certeza da existência daquele barco branco. Nesta noite, confunde-o com outra lembrança, com um lugar igualmente fechado. Diz: Com o saguão de um hotel à beira-mar.

Ela diz: O barco existiu. Falaram dele na cidade. Vinha do Havre. Tinha sido trazido pela maré até alto-mar e devia ter voltado na direção das luzes da costa. Era um iate de tamanho médio, de nacionalidade grega. Outras pessoas além dele o haviam visto e dito que só quem estava a bordo era a tripulação.

Ela pergunta se ele vira passageiros nesse barco.

Ele não tem certeza, mas quando o barco fizera a volta ele acredita, sim, ter visto um homem e uma mulher acotovelados sobre o costado, pelo tempo de fumar um cigarro, sem dúvida, e de admirar a longa fileira dos cassinos iluminados ao longo das praias. Mas que já deviam ter descido para as cabines quando o barco partira rumo ao canal – ele não voltara a vê-los.

Deita-se perto dela. Sentem ambos uma felicidade que jamais conheceram, tão profunda que têm medo.

Ele lhe diz que se enganou, que não é o dia que nasce, é o crepúsculo, que eles rumam para uma outra noite, que será preciso esperar que ela termine para chegarem ao dia, que eles se enganaram com relação à passagem das horas. Ela pergunta qual a cor do mar. Ele já não sabe.

Ele a ouve chorar. Pergunta-lhe por que ela chora. Não espera sua resposta. Pergunta-lhe qual deveria ser a cor do mar. Ela diz que o mar toma sua cor da cor do céu – que se trata menos de uma cor do que de um estado da luz.

Ela diz que eles talvez tenham começado a morrer.

Ele diz nada saber a respeito da morte, que é um homem que não sabe quando amou, quando ama, quando morre. Em sua voz ainda há gritos, mas ao longe, chorados.

Ele diz que, entretanto, ele também agora acredita que deve se tratar, entre eles, do que ela dizia nos primeiros dias dessa história. Ela esconde o rosto contra o chão, chora.

> É a última noite, diz o ator.
>
> Os espectadores se imobilizam e olham na direção do silêncio, dos protagonistas. O ator os indica com o olhar. Os protagonistas ainda estão expostos à luz

intensa da beira-rio. Estão deitados, voltados para a sala. Mas parecem aniquilados pelo silêncio.

Olham na direção da sala, do que há lá fora, da leitura, do mar. Seu olhar é amedrontado, doloroso, sempre culpado por ter sido objeto da atenção geral, a dos atores no palco e dos espectadores na sala.

É a última noite, anuncia o ator.

Estão virados para a sala, próximos e distantes, prestes a desaparecer de toda história humana. Não será o diminuir da luz mas a voz do ator isolado que provocará a imobilidade dos outros atores, o cessar de seus movimentos, sua escuta compelida, infernal, do último silêncio.

Nesta noite, a sexta noite, o olhar dele vai se desviar do olhar dela, e ela, conforme ele se aproxima, vai voltar a se cobrir com os lençóis brancos.

Uma última frase, diz o ator, teria talvez sido dita antes do silêncio. Teria supostamente sido dita por ela para ele, durante a última noite de seu amor. Teria sido sobre a emoção que se experimenta às vezes ao reconhecer o que ainda não se conhece, ao vivenciar o impedimento em que se encontram de não poder exprimir esse impedimento por causa da desproporção das palavras, de sua magreza diante da enormidade da dor.

No fundo do teatro, diz o ator, haveria uma parede de cor azul. Essa parede fecharia o palco. Seria enorme, exposta ao poente, dando para o mar. Originalmente, seria um forte alemão abandonado. Essa parede era definida como sendo indestrutível, ainda que fosse batida pelo vento do mar, dia e noite, e que fosse golpeada com força total pelas tempestades mais intensas.

O ator diz que o teatro tinha sido construído em torno da ideia dessa parede e do mar, a fim de que o rumor do mar, próximo ou distante, estivesse sempre presente no teatro. No tempo calmo, esse rumor estaria abafado pela espessura da parede, mas sempre ali, no ritmo calmo do mar. Jamais se enganavam sobre sua natureza. Quando as tempestades eram fortes, certas noites, era possível ouvir com clareza o assalto das ondas contra a parede do quarto e seu arrebentar através das palavras.

A PUTA DA COSTA NORMANDA •

... Luc Bondy me havia pedido uma *mise en scène* de *A doença da morte* para a Schaubühne de Berlim. Eu tinha aceitado, mas disse a ele que precisava fazer uma adaptação teatral, uma triagem do texto, que podia ser lido, mas não interpretado. Fiz essa adaptação. Nela, os protagonistas da história se calavam, e eram os atores que contavam sua história, o que tinham dito, o que lhes havia acontecido.

Todos os corredores cênicos, dez ou doze, estavam no lugar. Deviam ser lidos, do mesmo modo que o texto do diálogo dos protagonistas. A mulher já havia sido deixada em paz nessa adaptação, posta de lado. As pessoas se dirigiam ao homem, mas não à mulher. Dois dias depois de ter enviado essa adaptação teatral de *A doença da morte* a Berlim, telefonei para pedir que me mandassem de volta, porque desistia dela. Disse isso a Yann. Digo a ele com frequência o que faço. Assim que eu me vira já não mais de posse do manuscrito, compreendera que estava enganada. Havia feito exatamente o que queria evitar fazer. Voltara ao material de *A doença da morte*, ao seu princípio mesmo de texto a três vozes, à sua forma imóvel e unitária. Eu estava esgotada no meu âmago, tinha me tornado o contrário de uma escritora. Eu era o brinquedo de uma fatalidade formal da qual tentava fugir sem conseguir. Falei disso com Yann. Ele não acreditou em mim. Já me vira emudecer diante dos meus projetos, imobilizada. Depois retomá-los. Recomecei três vezes essa adaptação de Berlim, a última com datilógrafo e horários. Dessa vez, ditei uma adaptação ideal, tinha certeza, mas na verdade era a pior de todas: grandiloquente e presunçosa. Tentei três vezes. Partia de *A doença da morte* e a ela regressava. Não me dava conta disso durante o trajeto. Voltava a me encontrar ali, sempre naquele mesmo lugar do livro, encolhida diante dele, desorientada. Já não podia mais contar comigo, estava perdida. Ainda mais porque me dava conta disso na fase da datilografia definitiva, limpa. Não tinha outra opção a não ser me submeter àquela falsa solução: o teatro. Voltei a falar com Yann. Disse a ele que estava tudo acabado. Estava cansada de perder meu tempo, renunciava à adaptação teatral daquele texto. Disse ter descoberto, uma última vez, que *A doença da morte* existia numa ambiguidade tão evidente que era preciso empregar outros meios para ter razão, que eu nada podia fazer contra isso. Continuo sem entender a dificuldade que conheci com aquele texto.

E então houve o episódio de Quillebœuf, ao qual não prestei atenção no momento. Foi pouco depois que recomecei um livro que ia se chamar *O homem mentido*, ele também abandonado. E então um dia fazia calor, à tardinha, à noite. Era pleno verão, em junho. Comecei a escrever sobre o verão, as noites quentes. Não sabia bem por quê, mas continuei.

É o verão de 1986. Escrevo a história. Durante todo o verão, todo dia, às vezes à tardinha, às vezes à noite. É nessa época que Yann entra numa fase de gritos, de berros. Ele datilografa o livro, duas horas por dia. No livro, tenho dezoito anos, amo um homem que odeia meu desejo, meu corpo. Yann datilografa enquanto eu dito. Enquanto datilografa, ele não grita. É depois que isso acontece. Ele grita contra mim, torna-se um homem que quer alguma coisa, mas não sabe o quê. Ele quer, mas não sabe o quê. Então, grita para dizer que não sabe o que quer. E grita também para saber, para que, no fluxo de suas palavras, extraia de si mesmo essa informação sobre o que quer. Não consegue separar esse detalhe do que quer nesse verão da totalidade do que sempre quis. Eu quase nunca o vejo, esse homem, Yann. Ele quase nunca está aqui, no apartamento onde vivemos juntos, à beira-mar. Caminha. Percorre durante o dia muitas extensões, diversas e repetidas. Vai de colina em colina. Entra nos grandes hotéis, procura homens bonitos. Encontra alguns *barmen* bonitos. Nos campos de golfe também procura. Senta-se no saguão do Hôtel du Golf e espera, olha. À noite, diz: "Descansei bastante no Hôtel du Golf, estava tranquilo". Às vezes adormece nos sofás do Hôtel du Golf, mas veste-se bem, é muito elegante Yann de branco, então o deixam dormir. Carrega o tempo todo uma velha sacola azul, imensa, de lona, que eu costurei para as compras eventuais que ele faria. Coloca ali seu dinheiro. À noite, vai ao Mélody. À tarde, às vezes também vai ao Normandy. Em Trouville, vai ao Bellevue. Quando volta, grita, berra comigo, e continuo a escrever. Mesmo que eu diga "Boa noite", "Tudo bem?", "Você jantou?", "Está cansado?", ele grita.

Todas as noites, durante um mês, ele quer o carro para ir a Caen ver amigos. Recuso-me a lhe dar o carro porque tenho medo. Então, ele chama algum táxi, torna--se amigo do taxista, o cliente preferido. Quando berra, continuo a escrever. No começo, era difícil. Eu achava injusto que ele gritasse comigo. Achava que isso não estava bem. E quando eu escrevia e o via chegar e sabia que ele ia gritar, não podia mais escrever, ou, antes, a escrita cessava em toda parte. Já não havia mais nada a escrever, e eu escrevia frases, palavras, desenhos, para dar a impressão de não ouvir que estavam gritando. Passei semanas inteiras com uma confusão de escritas diferentes. Acho agora que aquelas que me pareciam as mais incoerentes eram, na verdade, as mais decisivas do livro por vir. Mas eu nada sabia. Não lhe dizia que estava impedida de escrever por causa de seus gritos e por causa do que eu acreditava ser sua injustiça, no que me dizia respeito. Logo, mesmo quando ele estava ausente eu não conseguia escrever. Esperava seus gritos, seus berros, mas continuava a cobrir o papel com frases estranhas ao livro que estava ali, fazendo-se, num terreno estranho a ele, a ficção.

No fim das contas, estabeleceu-se uma ordem segundo a qual eu não era mais responsável, eu que fazia a escrita sobre o papel, mas Yann era responsável, só ele, e isso sem escrita alguma, sem ter que fazê-la em absoluto, sem nenhuma ideia além da de massacrar até a raiz tudo o que pudesse passar por um encorajamento à vida. Acerca de si mesmo e de sua raiva ele sabia tão pouco quanto um animal, nada, sequer sabia que gritava. Assim, um mês antes da data prometida para a entrega do manuscrito, comecei a fazer o livro para sempre, ou seja, a encontrar esse homem, Yann, mas noutro lugar que não era onde ele se encontrava, procurando-o em coisas que eram estranhas a ele e ao livro, por exemplo nas paisagens do estuário do Sena. Ali, bastante. E nele também, no seu sorriso, o de Yann, na sua forma de andar, nas suas mãos, as mãos de Yann. Eu o separei completamente de suas palavras, como se ele as tivesse agarrado sem saber e por causa delas tivesse adoecido. E foi assim que descobri que ele tinha razão. Ele tinha razão em querer algo a esse ponto, fosse o que fosse. Por mais terrível que pudesse ser. Às vezes eu pensava que era isso, que eu ia morrer. Como continuei frágil depois daquele tratamento feito há quatro anos, tenho a tendência de muitas vezes acreditar que a morte está ali, ao alcance da minha vida. Ele queria tudo junto, queria destruir o livro e temia pelo livro. Durante várias semanas, digitou duas horas por dia para mim. Proposições, diferentes etapas do livro. Ele sabia que o livro já existia. Dizia-me: "Por que diabos você fica escrevendo o tempo todo, o dia todo? Você foi abandonada por todo mundo. Você está louca, é a puta da costa normanda, é uma babaca, você me envergonha". Depois, às vezes ríamos. Ele temia que eu morresse antes do fim do livro, talvez – ou melhor, que eu jogasse o livro fora mais uma vez.

Eu não pensava mais em Quillebœuf, mas sentia necessidade de ir até lá. Costumava ir com amigos, mas não sabia por que me importava tanto com aquele lugar estrangeiro, achava que era pelo grande rio que passava junto à praça, onde havia o café. Achava que era pelo céu do Sião, aqui amarelo de gasolina, ao passo que o Sião estava morto.

Às vezes ele voltava às cinco horas da manhã, feliz. Comecei a não perguntar mais nada, a não falar mais com ele, a lhe dizer bom dia pela alegria de fazê-lo. Então ele foi mais forte, foi terrível, e às vezes eu senti medo e achei que tinha cada vez mais razão, mas eu já não conseguia parar o livro, como ele já não conseguia parar a violência. Não sei bem com o que Yann gritava. Acho que era com o próprio livro, verdadeiro ou falso, para além de qualquer definição, pretexto, desculpa etc. Era: fazer aquilo, um livro, de qualquer maneira. Estava além do razoável da razão ou do irrazoável da mesma razão. Era como um objetivo: matar aquilo. Eu sabia. Sabia cada vez mais coisas sobre Yann. Tornou-se uma corrida, no final. Ir mais rápido que ele, para que o livro acabasse, antes que ele o impedisse por completo.

Vivi com isso o verão inteiro. Tinha que esperar por ele também. Reclamava com as pessoas, mas não sobre o principal, não sobre o que digo aqui. Porque pensava que não poderiam compreender. Porque não havia nada na minha vida que fosse tão ilegal quanto a nossa história, a de Yann e a minha. Era uma história que não tinha lugar noutra parte senão ali, ali onde estávamos.

É impossível falar sobre o que Yann fazia com seu tempo, com seu verão, é impossível. Ele era completamente ilegível, imprevisível. Poderíamos dizer que era ilimitado. Partia em todas as direções, a todos aqueles hotéis, para procurar, além de homens bonitos, *barmen*, graúdos *barmen* de terras estrangeiras, da Argentina ou de Cuba. Ia para todo lado, Yann. Todos os sentidos se reuniam nele no fim dos dias, das noites. Reuniam-se na louca esperança de um possível escândalo, de uma generalidade inaudita da qual minha vida teria sido objeto. No final, tudo começou a ser legível. Tínhamos chegado a algum lugar onde a vida não estava completamente ausente. Recebíamos sinais, às vezes. Ela passava, a vida, à beira-mar. Às vezes atravessava a cidade nos carros da polícia moral. Havia as marés também, e Quillebœuf, que sabemos que está ao longe, em todos os lugares ao mesmo tempo, assim como Yann.

Quando escrevi *A doença da morte*, não sabia como escrever sobre Yann. É o que sei. Aqui, os leitores dirão: "O que há de errado com ele? Nada se passou, já que nada acontece". Mas que o que aconteceu é o que se passou. E quando nada mais acontece, a história fica realmente fora do alcance da escrita e da leitura.

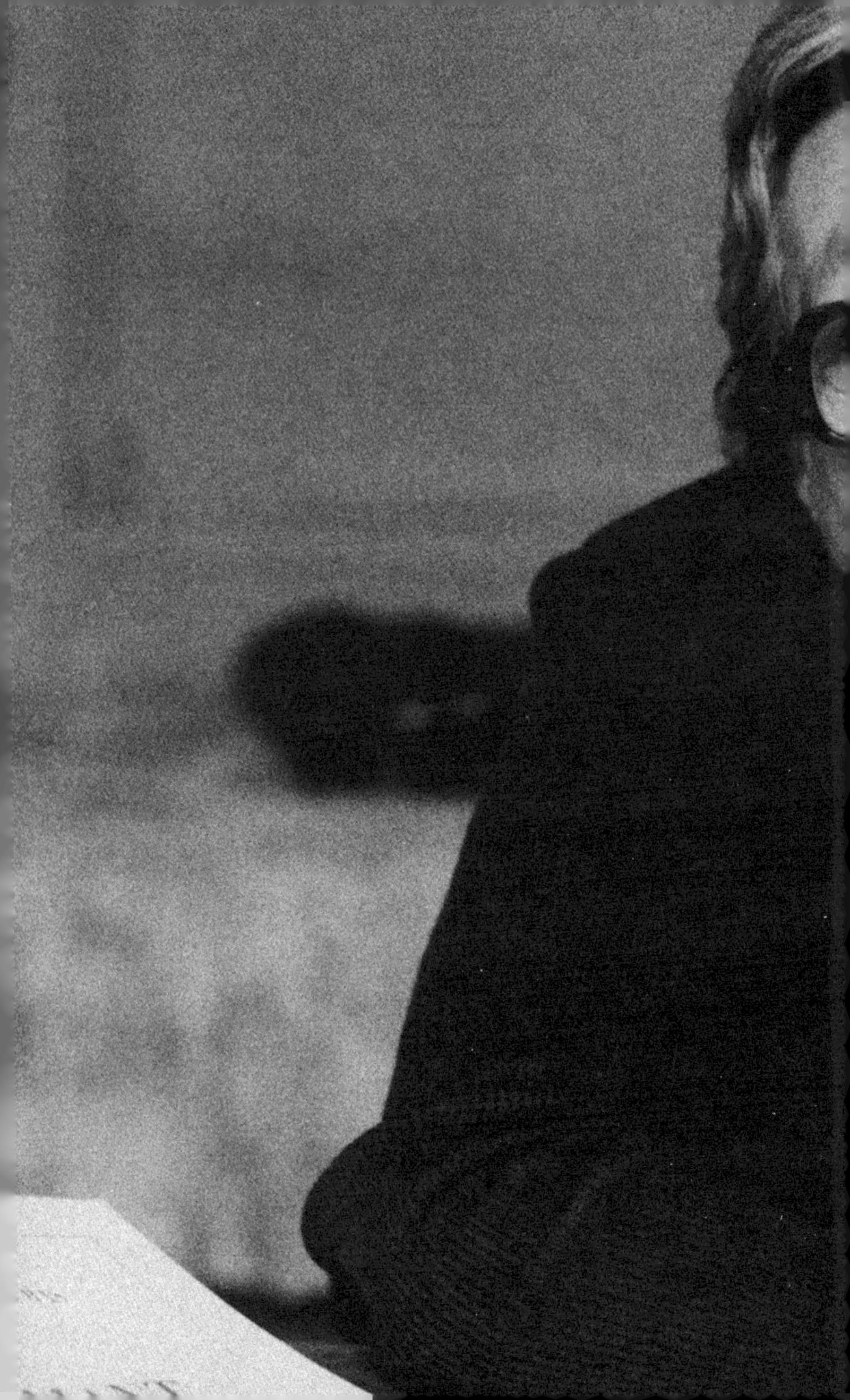

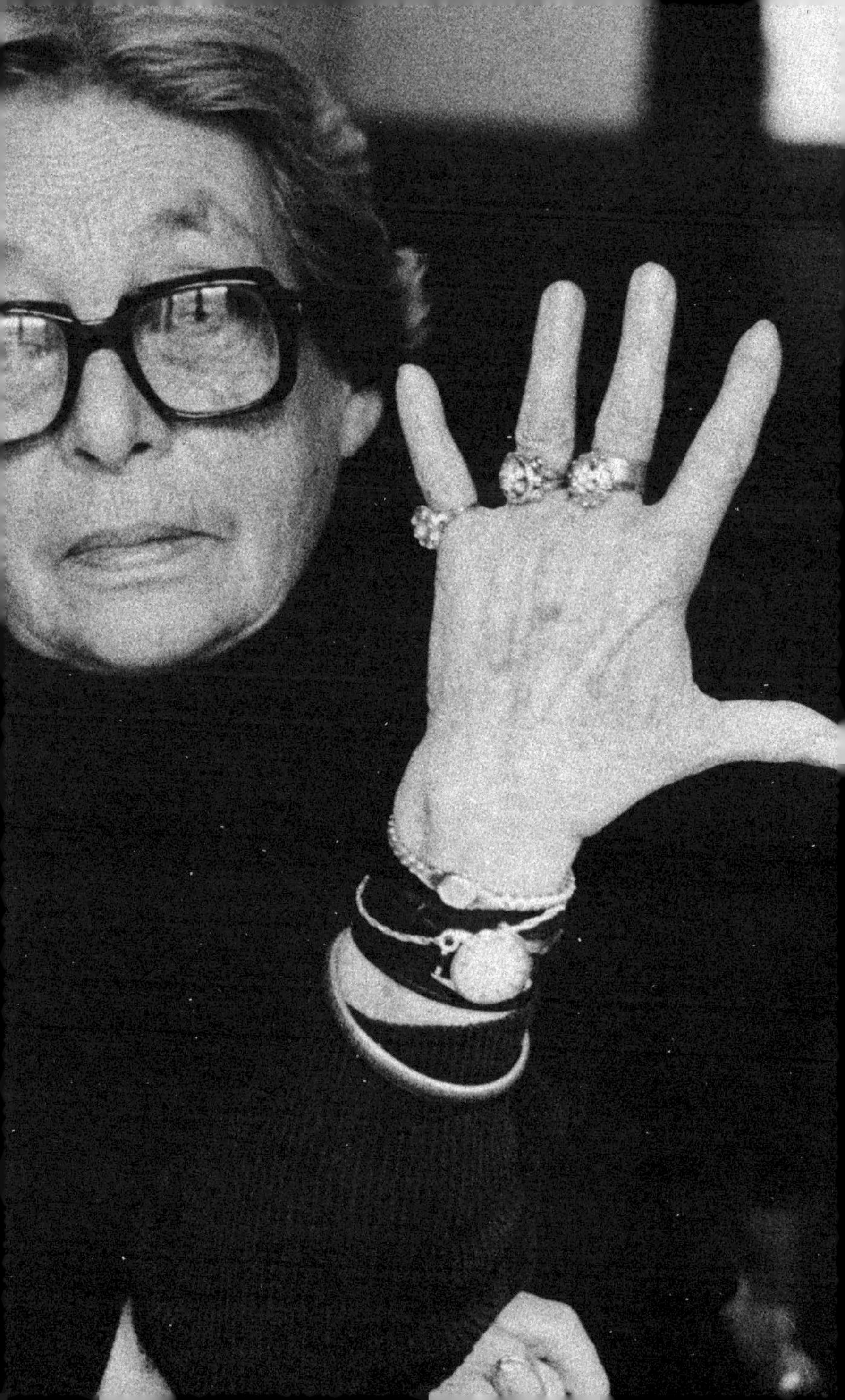

SOBRE A AUTORA •

Marguerite Duras, uma das escritoras mais consagradas do mundo francófono, nasceu em 1914 na Indochina — então colônia francesa, hoje Vietnã —, onde seus pais foram tentar a vida como instrutores escolares. A vida na antiga colônia, onde ela passou a infância e a adolescência, marcou profundamente sua memória e influenciou sua obra. Em 1932, aos 18 anos, mudou-se para Paris, onde fez seus estudos em Direito. Em 1943, publicou seu primeiro romance, *Les impudents*, iniciando então uma carreira polivalente, publicando romances, peças de teatro, crônicas no jornal *Libération*, roteiros, e realizando seu próprio cinema. Dentre suas mais de 50 obras estão os consagrados *Uma barragem contra o Pacífico*, *Moderato cantabile*, *O arrebatamento de Lol V. Stein* e *O amante* (seu best-seller, que lhe rendeu o Prêmio Goncourt de 1984 e foi traduzido para dezenas de países). Em 1959, escreveu o roteiro do filme *Hiroshima mon amour*, que foi dirigido por Alain Resnais e alcançou grande sucesso. Nos anos 1970, dedicou-se exclusivamente ao cinema, suspendendo romances, mas publicando seus textos-filmes. *India song* e *Le camion* foram projetados no Festival de Cannes em 1975 e 1977, respectivamente. Morreu aos 81 anos em Paris, em 1996.

SOBRE A COLEÇÃO MARGUERITE DURAS●

A COLEÇÃO MARGUERITE DURAS oferece ao público brasileiro a obra de uma das escritoras mais fascinantes do seu século e uma das mais importantes da literatura francófona.

A intensa vida e obra da escritora, cineasta, dramaturga e cronista recobre o século XX, atravessando o confuso período em que emergem acontecimentos que a fizeram testemunha do seu tempo — desde os trágicos anos da Segunda Guerra até a queda do Muro de Berlim. Duras publica até o término de sua vida, em 1996. Os textos da escritora se tornaram objeto do olhar dos Estudos Literários, da Psicanálise, da História, da Filosofia e dos estudos cinematográficos e cênicos. Sabe-se, no entanto, que a escrita de Duras subverte categorias e gêneros, e não é por acaso que sua literatura suscitou o interesse dos maiores pensadores contemporâneos, tais como Jacques Lacan, Maurice Blanchot, Michel Foucault, Gilles Deleuze, entre outros.

Os títulos que integram a Coleção Marguerite Duras são representativos de sua obra e transitam por vários gêneros, passando pelo ensaio, roteiro, romance e o chamado texto-filme, proporcionando tanto aos leitores entusiastas quanto aos que se iniciam na literatura durassiana uma intrigante leitura. E mesmo que alguns livros também relevantes não estejam em nossa programação devido à indisponibilidade de direitos, a obra de Marguerite Duras é dignamente representada pela escolha cuidadosa junto aos editores franceses.

Nesta Coleção, a capa de cada livro traz um retrato da autora correspondente à época de sua publicação original, o que nos permitirá compor um álbum e vislumbrar como sua vida e obra se estenderam no tempo. Além disso, cada título é privilegiado com um prefácio escrito por experts da obra — pesquisadores e especialistas francófonos e brasileiros —, convidados que se dedicam a decifrar a poética durassiana. Obra que se inscreve na contemporaneidade, para parafrasear Giorgio Agamben, no que tange à sua relação com o próprio tempo. Marguerite Duras foi uma escritora capaz de tanto aderir ao seu tempo, como dele se distanciar, pois "contemporâneo é aquele que mantém fixo o olhar no seu tempo, para nele perceber não as luzes, mas o escuro", evocando aqui o filósofo. Assim viveu e escreveu Duras, tratando na sua literatura de temas jamais vistos a olho nu, nunca flutuando na superfície, mas se aprofundando na existência, deixando à deriva a falta, o vazio, o imponderável, o nebuloso e o imperceptível. Toda a obra de Marguerite Duras compartilha dessa poética do indizível e do incomensurável, dos fragmentos da memória e do esquecimento, das palavras que dividem com o vazio o espaço das páginas: traços da escrita durassiana com os quais o leitor tem um encontro marcado nesta coleção.

LUCIENE GUIMARÃES DE OLIVEIRA
Coordenadora da Coleção Marguerite Duras

Títulos já publicados pela coleção:
- *Escrever* (Trad. Luciene Guimarães)
- *Hiroshima meu amor* (Trad. Adriana Lisboa)
- *Moderato cantabile* (Trad. Adriana Lisboa)
- *Olhos azuis cabelos pretos* & *A puta da costa normanda* (Trad. Adriana Lisboa)

Próximos títulos:
- *A doença da morte*
- *Destruir, disse ela*
- *O arrebatamento de Lol V. Stein*
- *O homem atlântico*
- *O homem sentado no corredor*
- *O verão de 80*
- *Uma barragem contra o Pacífico*

COLEÇÃO
MARGUERITE
DURAS

© Relicário Edições, 2023
© Les Éditions de Minuit, 1986 (*Olhos azuis cabelos pretos*)
© Les Éditions de Minuit, 1986 (*A puta da costa normanda*)

Dados Internacionais de Catalogação na Publicação (CIP) de acordo com ISBD

D952o
Duras, Marguerite

Olhos azuis cabelos pretos & A puta da costa normanda / Marguerite Duras; tradução por Adriana Lisboa; prefácio por Simona Crippa.
Belo Horizonte: Relicário, 2023.
176 p. ; 13 x 19,5 cm. – (Coleção Marguerite Duras ; v. 4)

Títulos originais: *Les yeux bleus cheveux noirs; La pute de la côte normande*
ISBN: 978-65-89889-68-7

1. Literatura francesa. 2. Romance. I. Lisboa, Adriana. II. Crippa, Simona. III. Título. IV. Série.

CDD: 843.7   CDU: 821.133.1-31

Elaborado pelo Bibliotecário Tiago Carneiro – CRB-6/3279

Coordenação editorial: Maíra Nassif
Editor-assistente: Thiago Landi
Coordenação da Coleção Marguerite Duras: Luciene Guimarães de Oliveira
Tradução: Adriana Lisboa
Revisão técnica: Luciene Guimarães de Oliveira
Preparação: Maria Fernanda Moreira
Revisão: Thiago Landi
Capa, projeto gráfico e diagramação: Tamires Mazzo
Fotografia da capa: © Hélène Bamberger/Opale/Bridgeman Images

---

RELICÁRIO EDIÇÕES
Rua Machado, 155, casa 1, Colégio Batista | Belo Horizonte, MG, 31110-080
contato@relicarioedicoes.com | www.relicarioedicoes.com

1ª edição [outono de 2023]

ESTA OBRA FOI COMPOSTA EM MINION PRO E
HEROIC CONDENSED E IMPRESSA SOBRE PAPEL
PÓLEN BOLD 90 G/M² PARA A RELICÁRIO EDIÇÕES.